源文化丛书

发现三江源

杨勇　著

青海人民出版社

图书在版编目(CIP)数据

发现三江源 / 杨勇著 . -- 西宁 : 青海人民出版社，
2021.4
(源文化 / 文扎主编)
ISBN 978-7-225-06093-4

Ⅰ . ①发… Ⅱ . ①杨… Ⅲ . ①散文集—中国—当代
Ⅳ . ① I267

中国版本图书馆 CIP 数据核字(2021)第 072908 号

源文化　文扎　主编
发现三江源　杨勇　著

选题策划：王绍玉　责任编辑：马婧
责任校对：宋巍　责任印制：刘倩　卡杰当周
书籍设计：吾要　刘福勤　杨敬华　闫冬雨
封面绘画：吾要　封面题字：古岳

出 版 人：樊原成
出版发行：青海人民出版社有限责任公司
地　　址：西宁市五四西路 71 号
邮　　编：810023
电　　话：0971-6143426(总编室)
发行热线：0971-6143516 / 6137730
网　　址：http://www.qhrmcbs.com
印　　刷：北京雅昌艺术印刷有限公司
经　　销：新华书店
版　　次：2021 年 6 月第 1 版　2021 年 6 月北京第 1 次印刷
开　　本：889 毫米 ×1194 毫米　1/32
字　　数：90 千字
印　　张：6.25
定　　价：62.00 元
书　　号：ISBN 978-7-225-06093-4

举目江河源

——代序

马丽华

青海省玉树藏族自治州治多县素享“万里长江第一县”的美誉，以前多番路过，限于乘车往返于青藏线，连过境游都算不上，直到2017年8月，总算身临其境。这首次到访，是为参加该县举办的简称为“三节”或“两节一会”、全称为“第三届全国嘎嘉洛文化学术研讨会暨三江源国家公园长江源区水文化节和嘎嘉洛文化旅游节”，节庆活动包括集体观摩“源文化”系列展示，“非遗”（非物质文化遗产）剧目演出，乃至传统仪式的祭湖祭河、嘉洛婚庆大典等等；分组活动的各嘉宾群体，包括来自北京和周边省区的格萨尔研究专家、三江源国家公园三大园区的管理者、内地帮扶单位的企业界人士；出席节庆活动的还有作家团队、文化传媒团队，盛会之后还将进行以“源之缘，诗性的长江”为题的采风活动。

嘎嘉洛是古地名兼氏族部落名，相传为史诗英雄格萨尔王妃森姜珠牡的出生地，让“嘎嘉洛”一词重新绽放，既是将当地传而承之的游牧文化整合进来，为本地打造一个与众不同的旅游名片，同时也作为格萨尔史诗研究的代名词。从嘎嘉洛文化到源文化，于我而言皆为初闻初识，感觉新鲜，联想到这一节庆活动内容的多元综合，可谓一头连接本土文史，一头连接当代热点：时尚的旅游广宣、超前的国家公园建设，总之，一踏进这个相当边远的县城，原本的高海拔纯牧业县，给我的第一感觉竟然是“信息量好大啊”！

随后，我便见证了这套“源文化”丛书的策划过程。作家团队聚集在县城以外大草坝上的一顶帐篷里，多位丛书作者在场，看来酝酿已久，此为最终面议：落实各人承担的选题、确定完稿时间之类具体事宜。虽多为文科人士，但无论来自青海内外，长期关注源区生态和民生，无一不是厚积薄发，尤其看到兼备地质地理学背景的杨勇参与其中，他可是自 1986 年举步长江源起，就一直在青藏地区进行科学考察探险的学者，所以我当时就在想，这套融自然与人文为一体的丛书读本，稳了！

这套丛书的发起者是文扎先生，不仅如此，听说他还是“嘎嘉洛”文化和“源”文化的倡导者，当然也是身体力行的实践者。此前我同文扎先生素未谋面，不过并不妨碍我们一见如故，他正是我遍访西藏各地所熟悉的那类“额头上有光芒闪现”的、独具乡土特质的文化名人，是地方文化的代表人物和代言人，这类智者对家乡故土的风物风情珍爱极了，且满怀了感恩之情，哪个地方有了他们，便有福了；所承载其上的文化面貌，也会随之生动起来。难得的是，文扎先生并未止步于守望守护，而是与时俱进，孜孜矻矻致力于开拓创新。正所谓“念念不忘，必有回响”，而回响来自方方面面，你看当下，就有这套以“源文化”为名的丛书得以出版问世，当是实体化了的回响反馈。

“源文化”的内涵还在深入探讨中，可能需要补充完善。但就其本义而言，是知性的，更带感情，这感情里包含着乡愁，更洋溢着豪迈之情。你看治多县境内外，北部有昆仑续接巴颜喀拉的群山叠岭，西部是知名度颇高的可可西里荒原；沿着长江上游通天河溯源而上，是唐古拉山脉，那里是长江和澜沧江的源头所在。长江上游通天河流经治多，治多的藏语含义正是“江源”，“源文化”实至名归。

有了得天独厚的自然背景依托，辅以时代背景——坐拥长江、黄河、澜沧江三江之源的青海省，在筹建三江源国家公园的这些年里，生态意识被空前激发，影响到文学界，虽说本土文化原生态天然地契合于现代环保理念，文学创作自带生态环境意识，不乏对人与自然关系的求索探讨，但是近年来在青海，自然文学、生态书写还是被空前强调，生态书写研究紧随其后，上一年在西宁举办青年作者培训班，巨幅标语正是“深耕黄河文化，厚植青海故事”；青海省作协甚至在祁连山国家公园常设“自然文学创作基地”……这些都是唯青海才有魄力和能力展现的文学风景。所以说，青海不仅在国家公园建设方面领先于全国，在生态文学写作方面也是率先垂范。就这一意义而言，“源文化”丛书的出版并非孤立现象，可视为生态书写的一次良好示范。

尽管终于脚踏实地拜访过治多县城，终究还是一过客。回想很多年以前，每每沿青藏公路109国道翻越唐古拉山口，春夏秋冬走过。这座了不起的山脉，不仅是青海、西藏的行政区划边界，在自然地理方面也是相当著名的分水岭：按照以北以南的源点流向，成为内流河或外流河。从唐古拉山脉发源的长江与澜沧江，可作为教科书式的现身说法。同属一座高原，多年里我对青海充满向往，不时有所涉笔：20世纪90年代采写过可可西里科考、在可可西里为保卫藏羚羊牺牲的治多县英雄杰桑·索南达杰；进入21世纪以来，持续了解有关三江源多项生态工程、国家级自然保护区和国家公园建设等等；写过流经横断山区的澜沧江，甚至为长江、黄河的演化史写过小传……如此常怀崇敬之情，以至于为本文所拟题目，需要用到“举目”，意在无论自然造就还是人为努力，青海始终令我仰望。

三年前在治多县城外的帐篷里，就有动议让我这个虚长几岁的人作序，盛情难却，虚应下来。丛书即将面世，首先祝贺诸位辛勤笔耕的作者们，道一声“辛苦”。当真要我兑现，那就重在参与，只好写下片段感想和一份感动，忝为代序。

2020年10月于北京

序

一场三江源的认知之旅

玉树州文体旅游广电局局长　阿夏永红

江无言，但江河一定在等待。三江源一定在等待着中国考察世界的眼光、旅行者的写作，杨勇老师和三江源在互相等待中，迎来了21世纪的曙光！当杨勇老师以旅行者的身份选择在三江源从事探险工作时，其实就选择了一场对三江源的认知之旅！

玉树藏族自治州是青藏高原腹地最核心的区域，也是这片土地上的地理重心。长江、黄河、澜沧江都发源于此，三江源国家公园和可可西里世界自然遗产覆盖了自治州的全境。从生态和地质学研究的角度来看，玉树藏族自治州可谓寸土寸金的巨大宝库。在这片热土之上，目之所及皆是辽阔宽广的茫茫草原，天地间自由驰骋的藏羚羊、野牦牛、雪豹、藏野驴，粗犷、奔放而又辛勤劳作，用双手为自己创造美好明天的玉树人民。

青藏高原以地理高度，启发了人们思维的高度。行走在这里，会让人忍不住顺着涓涓细流去探访中华文明的源头，会让人寻着一条条刀锋般挺立的山脊，去梳理中华文明的脉络。于是，无数的旅行者，启程踏上征途去发现三江源。

玉树的生态文化旅游资源在全世界是独一无二的，玉树不仅应是旅游者的享受地，旅行家的圆梦地，更应该是中华儿女一生必去之地。中华民族的母亲河长江、黄河的源头在哪里？在玉树！东南亚六国的母亲河澜沧江的源头在哪里？在玉树！华夏民族的祖山昆仑山在哪里？在玉树！世界自然遗产可可西里在哪里？在玉树！三江源国家公园核心区在哪里？在玉树！藏地创世九尊神山之一的尕朵觉沃在哪里？在玉树！世界上最长史诗主人公、藏族英雄格萨尔赛马称王、魂归之地在哪里？在玉树！上海大世界吉尼斯纪录嘉那嘛呢石经城在哪里？在玉树！最原始、最纯粹、最文明的康巴人在哪里？在玉树！国家级藏族文化（玉树）生态实验保护区在哪里？在玉树！中国藏族舞蹈之乡在哪里？在玉树！世界濒危物种雪豹、藏羚羊、野牦牛栖息地在哪里？在玉树！见证藏汉民族友谊的千年唐蕃古道在哪里？在玉树！

近几年，玉树人或热爱玉树的旅行者踏遍大半个中国去推介、推广、宣传玉树，不敢说取得了可喜的成绩，但总算打开了视野，结交了朋友，积累了经验。作为玉树，首先，想事情、做事情一定要从大局出发，从自身实际出发，更要有“跳出玉树看玉树”的思维方式。发展玉树文旅要算好四笔账：传播核心价值观的账、树立中华民族精神高地的账、挖掘传统文化的账、生态保护的账。其次，玉树旅游要走得远，飞得高，必须从发挥优势、补齐短板做起，而且发展玉树旅游万万急不得，要从打基础、定格局、找方向开始，才有可能获得大发展。

从现阶段玉树生态文化旅游的优势和短板可以得出结论：玉树知名度是第一优势。2015 年 5 月 19 日中国旅游日，中共玉树州委州政府召开全州历史上最大规模、最高规格、最具实效的文化旅游发展大会，从此，玉树文旅从无到有、从小到大，开启历史性的篇章，经过近四年的“三江之源，圣洁玉树”品牌的宣传推广，公众脑海中逐步形成新玉树新文化旅游的概念。三江源国家公园是习近平总书记亲自部署的重大改革任务，是中国首个国家公园，也是中国定位面向世界的国际生态旅游目的地之一，其中可可西里已因其集生态体验、环境教育、文化传承、游憩欣赏为一体的核心和世界独特的、唯一的、不可复制的自然资源而入选世界自然遗产名录。所以三江源不仅是玉树的，也是中国的，更是世界的，这是玉树的第二个优势。第三个优势是旅游已成为当下玉树战略性支柱产业，拥有前所未有的历史机遇和发展前景。

但是玉树旅游存在三个最致命的短板：第一是地理位置，先不说玉树距离东部沿海发达地区有多远，仅距青海省会西宁就有 800 公里，与西藏拉萨相距 1000 多公里，是名副其实的“前不着村后不着店”的地方。如果将玉树的生态资源禀赋和传统文化资源优势比喻为一只傲然挺立的雄鹰，那么这只鹰缺少两只翅膀，一只翅膀是与内地搭接的桥梁，一只翅膀是连接藏族聚居区旅游目的地拉萨的通道，所以玉树旅游一定要有“跳出玉树看玉树”的眼光和思想，只有为玉树旅游插上这两只翅膀，雄鹰才能够飞起来，飞得更高更远。第二个短板是海拔高度。玉树地处青藏高原腹地，平均海拔 4200 米，到这里来旅游难度极大，所以此书始终贯穿解答旅游和旅行的区别。游者可能更多地关注吃、住、游、购、娱乐，而行者有自己观察和表达世界的角度和方式，用独特的体验世界、体察人性的眼光来分享生态、文化信仰、精神的东西，这或许是游和行的本质区别。第三个短板是交通成本。目前，玉树开通了北京、成都、西安、西宁、拉萨的航线，但由于路途遥远、飞行成本高，往返票价均在 3000 元以上，所以玉树文旅未来方向还是要依靠异地自驾和落地自驾。

杨勇写作此书，将自己旅行考察中的所见、所闻、所悟真实地记录下来，以人与自然的角度审视中华民族共有的家国情怀，剖析三江源文化认同的深刻内涵，诠释旅行作为现代生态文明、物质文明、精神文明的产物，对人类的现实意义。“发现三江源”的意义就在于：一是遵照习近平总书记“像保护眼睛一样保护我们的生态环境，像对待生命一样对待我们的生态环境”的指示，倡导人民树立生态环境保护意识；二是建立长江、黄河、澜沧江三江流域对中华民族文化的认同，联手打造“一带一路”次区域，形成互惠、互通、互利的合作关系；三是玉树发起，沿线响应，共同讲好中国梦的长江、黄河、澜沧江故事。

希望读者尽量利用自己的眼睛来读，用自己的心灵去感悟，读一个活生生的玉树，悟一个有血有肉的三江源……

2020 年 10 月

目　录

三江源颂歌

长江正源沱沱河姜古迪如冰川，浩荡的长江就从这里起程

数亿年前，地球上最大的古海底开始蠕动上升冒出水面，古大洋分离，地球板块聚合，世界上最高的陆地徐徐上升。数千万年以来，地球演化的最大标志是青藏高原的强烈隆起和波澜壮阔的造山运动以及伴随的冷暖交替，即冰期和间冰期的出现，这一进程不断改变着地球大气环流，形成了高原季风中心。随着印度板块与欧亚板块相撞并持续抬升，青藏高原就没有停止过上升的趋势。造山运动和季风的形

成，使大自然获得充分发育成长的条件，遍布青藏高原的冰川诞生，最盛时期，青藏高原大部分地区被冰川覆盖，地球第三极上的亚洲“水塔”应运而生。

如今，地球上陆地 11 % 被冰川覆盖，4/5 的淡水资源储存于冰川之中，青藏高原是地球上山地冰川最发育的地区。

据科学家统计，青藏高原发育有冰川 46377 条，冰川面积 59425

姜古迪如江源

平方公里，冰储量（体积）5600 立方公里，折合水储量约 5.04 万亿立方米，冰川覆盖度 2.5 %。

这个如此重要的地理高地淌过了几十万年的时间河流之后，才被人们注意，将它视为江河之源、生命的源泉。

青藏高原是世界上多条大河源头汇聚的地方，亚洲 80%以上的大河发源于此，欧洲大陆东部的主要外流河和内流河均发源于青藏高原上的山系冰川，它们共同构成了地球上一系列江河发源的高地。青藏高原一般海拔高度为 4000 ~ 5000 米，岭谷海拔高差为 110（雅鲁藏布江峡谷出口）~ 8848 米（珠穆朗玛峰）。正因如此，青藏高原是地球上重要的储水和分水高地，它直接维系着地球上1000多万平方公里陆地和数十亿人口的生息安危，其大气环流形成的季风气候对全球影响范围更大。如喜马拉雅山脉发源的雅鲁藏布江、恒河、印度河等，唐古拉山脉发源的长江、澜沧江、怒江、扎加藏布（藏北内流河）等，昆仑山脉发源的黄河、柴达木河（柴达木盆地内流河）、那陵格勒河（西柴达木内流河）、塔里木河（塔里木盆地内流河）等，喀喇昆仑山脉发源的锡尔河、喷赤河，巴颜喀拉山脉发源的雅砻江、大渡河等。青藏高原的大河共源现象在地球上是极为罕见的。这些河流集水来自青藏高原山脉的冰川和湿地。

坐落在青藏高原腹地的三江源是中国生态文明建设的示范区，“国家公园”建设的先行区，包括长江源区（含可可西里）、黄河源区和澜沧江源区，地理坐标为东经90° 33″ ~ 98° 23″，北纬32° 26″ ~ 35° 46″，面积13万余平方公里。国人认识到它的生态功能价值还是近年来才开始的，之所以说它是中国乃至亚洲“水塔”，是因为唐古拉山脉发源的长江、澜沧江，昆仑山脉发源的黄河，都具有地理系统的代表性，涵盖了青藏高原的自然与人文要素，具有生态系统和水资源维系的全局性意义。

三江源的最大功能在于它是全球水循环中最重要的系统之一，这个系统由许多环环相扣的自然单元构成，包括雪山冰川、沼泽湿地、高寒荒漠、大气环流、降水量、降水形式、湖泊河川、地质地貌、生态物种，等等。实行“国家公园”管理模式，一方面是保护这些系统不被人为破坏，因为气候加剧变化的进程需要人类应对、适应和找到减缓措施；另一方面，要通过必要的保护和建设，找到人与自然和谐的生存发展方式，树立可持续发展的理念，使这里的资源具备游憩体验和科普教育功能，供全民分享。

在此之前，我们都把江河比喻为“母亲河”“生命之源”等，与那些人们已经司空见惯的风景名胜和主题公园相比，三江源对大多数人来说还是很神秘的。当我们真正地探访和认识了“三江源”，才能发自内心地把对母亲河感恩的情怀激发出来。

地形地貌最丰富的大荒原

三江源地质地貌格局以昆仑山脉、唐古拉山脉巨型纬向（东西向）构造体系为骨架，地貌区划以昆仑山脉和唐古拉山脉为范围，水资源以长江、黄河、澜沧江源区为集水区，生态系统多样化、物种多样性为特征。

三江源区内雪线的海拔高度西部略高于东部，西 5500 米（长江沱沱河源）~东 5440 米（澜沧江源聂畜牧贡玛），冰川末端的高度一般为 5300 米左右。由于地形和气候条件所限，三江源区冰川基本属于亚大陆性冰川，冰川水文物质动态水平较低，但冰川消融对三江源区河流有重要补给作用，约占源区水系径流量的 70 % 以上。

三江源被雄伟的山脉环抱，将区内分割成若干盆地和宽谷，高大的雪山冰川是巨大的天然“固体水库”，宽阔的盆地是涵养水源的沼泽湿地，源远流长的宽谷是初生河流的温床，其间哺育了世代藏族和斑斓的动植物种群。

从这里发育的长江全长 6380 公里，黄河全长 5464 公里，澜沧江

长江南源当曲由泥炭、沼泽、湿地和泉眼等形成

长江北源楚玛尔河发育于雅丹地貌浅层泉水

（湄公河）全长 4500 公里，地表水年总径流量近 130 亿立方米，地下水资源量近 54 亿立方米，冰川储量近 1340 亿立方米，冰川年消融水量约 10 亿立方米。

三江源区处于西风盛行带，气候严寒而干燥，蒸发量大于降水量，年均气温低于 0℃，极端气候可达 −40℃以上，最大冻土厚度大于 150 米，是地球上最大的低纬度冻土发育区。区内降水具有由东南向西北递减的特点，如长江当曲河源区年降水量为 400 ~ 500 毫米，偏西方向的沱沱河为 250 毫米以下，往北可可西里楚玛尔河源区只有 100 毫米左右。这种气候环境分布和变化趋势，对江河源区水系发育和径流特征变化有着直接的制约作用。

冰川大观，气象万千

三江源冰川分布广泛，以唐古拉山脉各拉丹冬和布加岗日为中心的冰川群成为青藏高原腹地最大的冰川中心。长江沱沱河源姜古迪如和尕恰迪如两大冰川群的山谷冰川呈放射状伸向各谷地，冰川面积超过 30 平方公里的有 6 条。沱沱河源头的姜古迪如南支冰川和北支冰川，冰舌端呈现大陆性和海洋性冰川景观特征，冰丘和冰塔发育，岗加曲巴冰川、姜古迪如冰川、尕恰迪如冰川等大型冰川冰舌端，由于

姜古迪如冰川冰舌因快速退缩而解体分离成冰塔林和残冰堆

消融温度的差异性，发育了块状起伏的冰丘和冰褶皱，同时还发育了大陆性冰川特有的连座冰塔和单体锥型冰塔，这在世界大河源头中是少见的。

冰川和雪被是气候和地形作用的产物，同时记录着气候变化的丰富信息，是江河发育的最初源流和形成持续径流的基本条件。随着小冰期时代的结束，长江沱沱河和当曲支流嘎尔曲源区的冰川已基本退缩到唐古拉山脉西段的各拉丹冬群峰海拔 5500 米以上地带，常年冰雪覆盖面积只有 400 余平方公里，其中各拉丹冬东坡的岗加曲巴冰川 40 年中已退缩近 2000 米，雪线已升高到海拔 5800 米以上，西坡姜古迪如冰川已退缩 300 余米，雪线已升高到海拔 5900 米以上，曾经相连的南北冰川已经分离。这表明江河源区的气候在逐渐变暖，长江源“固体水库”正在加速消融，“生命之源”面临危机！

地球上最大的中—低纬多年冻土带和最高的沼泽分布带

三江源是青藏高原上多年冻土最发育的地区，多年冻土覆盖整个三江源地区。受海拔高度和纬度的影响，冻土厚度由南向北增厚，由西向东渐薄。一般厚度为 30 ~ 70 米，最厚达 100 ~ 120 米。山地边缘地带季节性冻层也较发育，厚度可达 10 米左右。大范围冻结层形成了三江源地区典型的冰缘气候，低温、大风、寒冻风化强烈。多年冻土是维系三江源自然生态系统和水系平衡的关键地理单元，在气候变暖和人为破坏干扰影响下，一旦瓦解，江河源地区水系干涸、生态退化，荒漠化甚至沙漠化将会迅速蔓延。

三江源区盆地形地貌的汇水作用以及许多源区河谷平原平坦开阔、水流滞缓，对沼泽湿地发育十分有利。平坦的河谷、分水鞍部和平缓的山麓带都有高原沼泽湿地发育，是中国最丰富的沼泽分布区之一，总面积达数万平方公里，远大于被认为是中国第一的东北三江平原沼泽区。在一些半干旱 5000 米以上的高海拔山麓带，如各拉丹冬尕尔曲和纳钦曲上游等地也都有大片沼泽分布，而半湿润的东南部如当曲流域和黄河源区及上游若尔盖草原，沼泽呈大面积连续分布，并且发育巨厚泥炭层。因此，冰缘气候条件和宽缓高原地貌是河源区沼泽发育的主导因素，同时这种独特的地理演化过程为三江源腹地内流湿地的形成创造了条件，如沱沱河当曲汇合处、楚玛尔河源区、雀莫错、葫芦湖等高原湖盆区，这些高原湿地湖泊在气候变暖进程中逐步脱离外流水系，演变为内陆水系，成为“飞地”。楚玛尔河和沱沱河上游西侧进入藏北高原内流区，自然景观发生明显变化。这些区域的水系都在气候变暖的趋势下发生内外流交替变化。

沙漠中有很多干涸的河床，有些被沙丘埋没，不知道哪一条能通向主河床，两天后我们才进入多尔改错

可可西里荒野上流淌的楚玛尔河

初生的水系孕育生境

三江源水系密布，湖泊众多，冰川融水、泉眼突涌和降水形成的溪流形成各自水系，汇聚成河流与湖泊，当曲至通天河河段生存着高原水系特有的软刺裸裂尻鱼，唐古拉山脉北坡水系产小头裸裂尻鱼，澜沧江源区产前腹裸裂尻鱼、大嘴鱼、黑鱼、小鳞红尾鲤鱼等，黄河源区湖泊水域面积 1270 平方公里，曾有“千湖之地”的称谓，扎陵湖和鄂陵湖如两颗明珠被河流串联，鱼类种群更是名目繁多，堪称珍稀鱼类的宝库。

三江源地区野生动物种群丰富，数量惊人，有不少珍禽异兽在这里繁衍生息，堪称“天然动物园”，其中有国家一类保护动物雪豹、藏野驴、野牦牛、藏羚羊、胡兀鹫、斑头雁、黑颈鹤等，国家二类保护动物棕熊、猞猁、藏原羚、岩羊、盘羊、白唇鹿、雪鸡等。这些野生动物近年来随着三江源生态保护措施的加强，种群数量和分布范围均迅速增长。

在海拔 5000 米以上的冰川前沿，生长着高原名花——水母雪莲花，它是一种名贵药材，大黄、红景天、狼毒花等药性植物和观赏花草更是漫山遍野、争奇斗艳，通天河、澜沧江上游的冬夏虫草也是久负盛名。

气候变化的活字典

在青藏高原演化和气候变化进程中，江河源区每年都有不少的支流水系断流干涸成石河，有大量的湖泊因失去径流补给而萎缩成内陆咸水湖泊甚至盐湖，我们发现，楚玛尔、沱沱河、通天河等河段已出现季节性断流，当然也有冬季长达几个月的封冻。

三江源湖泊变化表现为湖泊缩小、内流化和盐碱化三种形式，其中较大湖泊的演变一般都要经历这三种过程，而较小湖泊伴随湖水干涸盐化，往往很快消失。较大湖泊有多级湖滨阶地发育，是其缩小的证据。如赤布张湖（面积达 600 平方公里）已分割成 4 个串珠状湖泊，在卫星图片上看，湖滨有三道平行的沙堤。楚玛尔河西侧的西金乌兰湖（面积约 300 平方公里）也分离成 4 个串珠状湖泊，卫星图片显示它南侧的乌兰乌拉湖（面积为 450 平方公里）原是海心山的环形湖，现今分离成 5 个湖泊，发育有 3 级湖滨阶地，比高均较小，分别为 0.5 米（高出水面）、1.5 米和 2.5 米，这些显然属于气候阶地，并非构造地质所致，而因气候变迁形成。长江源头的雀莫错湖原有的湖岸线已远离现在的水岸，湖面已缩小近 1/2，湖的东岸有两道平行的弧状古湖堤，脱离长江水系成为内陆盐湖。

三江源地区湖泊的盐碱化也很普遍，很多湖盆已成为采盐场。

三江源最大的野生动物种群——藏野驴

沙漠侵袭也是环境演变的显著标志。

在长江源区楚玛尔河和沱沱河、通天河上游两岸以及黄河源区已发现大型连续风成沙丘链，沿沱沱河宽谷实地考察，证实这种风沙有增强的趋势。例如，在沱沱河沿至奔错切玛湖50余公里的主河床两岸，小丘状新沙地连绵不断，这类沙丘高1米左右，长10～30米，经常被坡面的风流冲开，形成矩阵状沙地。近山坡处有许多风蚀洼地，长10米左右，深1～2.5米，吹扬的白沙直抵山坡上部，甚至越过小垭口，呈垅状堆积在另一坡。风沙的作用还在继续扩大，通天河烟嶂挂峡谷以上北岸已形成高大连续的沙丘链，1986年—2006年间呈迅速扩展趋势。

黄河上游玛多县以东雅娘—唐格玛—日格连续分布有高大的星月形沙丘，面积达上万平方公里。

青藏高原是一块年轻的大陆，第四纪以来，一直处于活跃的演变抬升之中，在地球冷暖交替过程中全球气候进入变暖期，加上工业化时代大规模的碳排放，人类活动在三江源地区的深入和扩大，导致近年来青藏高原自然环境的变化明显加快，这些变化在青藏高原的江河水系源区显现得尤为突出。

长江源冰川的加剧退缩可能会导致“亚洲水塔”地位的坍塌，改变江源水系的分布格局，逐渐甚至失去源区河流水源的补给条件，使源区自然环境向时令河—内流河—荒漠化—沙漠化过程发展，最终形

姜古迪如冰川前的岩羊角

成与可可西里荒漠区、塔克拉玛干大沙漠、罗布泊荒漠戈壁相连的干旱荒漠区。

沙漠是中国西北部地区最突出的自然要素，近年来已在青藏高原江河源区出现。据统计，西部地区有60余万平方公里的沙漠，有潜在沙漠化土地100余万平方公里。这些沙漠出现在中国古时繁荣的丝绸之路和广大绿洲，目前正以前所未有的速度翻越昆仑山脉，越过可可西里向长江黄河源区蔓延。三江源区地貌的三围格局与塔克拉玛干大沙漠（塔里木盆地）有惊人的相似，其演变进程也有相似性。多年来，在楚玛尔河、通天河、黄河上游、雅砻江上游局部河洲平原和草原地带已出现数百平方公里的沙锥和沙丘链，广阔的草原逐渐成为荒漠裸地和雅丹地貌。

长江源区自然环境的演变过程是地球间冰期环境气候变化的综合反映，来自自然不可抗拒的因素，并且起着主导作用。但是，越来越多的人类活动进入该地区，水电、矿产资源的开发和洗选，冶炼、加工等产业链的形成，二氧化碳和其他化学物排量的增长，对青藏高原脆弱的大气圈和敏感的冰川及江源自然环境，无疑是雪上加霜，必定会加快自然环境演变的进程和速度。

源之诱惑

从传统旅游观念来理解三江源，不识它的人，难免会有一些心结。也许是海拔之高，也许是路之艰险，这里没有成熟的景区，没有舒适的酒店和佳肴。然而，不了解它的人不知道，三江源是天堂，是人们寻找的人间乐土，是体验人生另一种境界的世外桃源。只要你踏入这块土地，你一定会动情，你会用一生去眷恋和享用。其实，了解本身就是一个过程，这一过程恰恰是我所经历过的。

在我心中，玉树有两大名片——三江源和可可西里。从 20 世纪 80 年代开始，它已经进入我的视野。从生态功能上，这里是中国和亚洲的水塔，维系着地球的生计与安宁；从情感吸引力来说，它是母亲河的源头，是华夏人的命脉，是心灵的归属之地。从社会经济发展层面，国家把这里划定为两大自然保护区和国家公园，实施高地生态建设保护试验，是国家生态安全十分重要的组成部分。

1985 年尧茂书首漂长江遇难，是我与三江源结缘的关键节点。这一年，为了长漂能够继续进行，我开始关注这一片尚属神秘的区域。那时三江源地区的科学考察刚刚零星展开，缺乏系统性和持续性，对于我特别需要的水文资料的考察研究还处于空白状态，旅游方面除了少数科考探险活动之外也几乎为零，可供漂流参考的资料少之又少。

漂流是我江河考察的主要方式

凭着仅有的一点资料和心目中尚属模糊的想象，我和长漂队的同伴们第一次来到了三江源地区。推开江源之门的第一眼，只短短一瞥，我便迷恋上了这个地方。当时，谁也说不清这一瞥的诱惑来自哪里。

源自身临其境

两辆国产陆丰越野吉普、一艘漂流船，还有些简陋的装备，无任何后援，构成了我持续不断的江源探索之旅。在过去的30多年中，我已经记不清楚去过多少次江源区，其中包括很少有人涉足的长江南源当曲源、北源楚玛尔河源，黄河三源，澜沧江三源，等等。

在很多人看来，我的江源之旅不可复制，为了全方位考察大江之源，我一直奉行东西南北全覆盖地毯式的考察，被誉为“无后援”进入。一系列大胆行动应运而生，特别是利用冬季和夏季两个水文代表性的季节进入江源地区，这样的行动即使在当下风起云涌的户外大潮中，也显得是那样另类。

正是这种破釜沉舟式的考察，为我带来了亚洲水塔的丰富地质地貌、地理单元、自然景观和科考价值的深度认知，同时也促使我不断踏上这片土地探寻更多的未知。登上分水岭，眼望冰川水系，各拉丹冬冰川孕育长江源流和藏北内陆水系，当曲源、澜沧江源和怒江源同源一山，紧密相依，通天河与卡日曲、约古宗列（黄河源）隔山并行，巴颜喀拉和阿尼玛卿滋润黄河与大渡河、雅砻江。在这种无休止的探索过程中，当我和我的队员们累计行程数十万公里，往返于都市与荒野时，三江源开始变得立体、色彩饱满、充满生命力。

以可可西里腹地的楚玛尔河源为例，这里长期以来没有受到公众和学术界的足够关注——相对于其他源区，充满着更多的神秘和未知，这里既有内流湖群，又有外流水系，有沙漠也有沼泽，刺激着我的探究欲望。我们跨过青藏线，翻越卓乃湖与楚玛尔河的分水岭，进入长江北源区。车辆行进中，几分钟就要陷入泥泞中一次，两辆汽车相互施救一步一步前进。汽车发出的声音给我们以悲怆和最后挣扎的感觉，似乎我们不是在向源头前进，而是向着死亡逼近。我感到了一种重叠历史的时刻，长期以来，人类对大自然的探索，无数次的绝境还生，不就是为了坚持到源头目标那一刻吗？

在接近楚玛尔河源头还有近 40 公里处的沙地里挣扎时，我们的一辆车离合器烧坏，不能动弹；另一辆车陷入泥泞，施救中千斤顶全部损坏，油料食物将尽，只能就地扎营。无奈之下，我徒步到源头。眼前的楚玛尔河源区，完全是沙漠戈壁的景象，一个个耀眼闪烁的浅水湖泊，全部孤立地散布在没有植被水土涵养的干旱沙地中。湖的四周已经结起了浅浅的盐碛，起伏坦荡的已经近似沙漠的大地上，留下一串串动物寻水觅食的足迹。一股股细水从浑圆低缓的红色山腰风化的沙岩里溢出，多数涓流流程不到百米，艰难地在沙地上前进，一些进入内陆湖泊，极少部分汇流到楚玛尔河干流。

经过一天的徒步，我们在红色的山顶上看到了深居内陆的昆仑山脉，布喀达坂雪峰群酷似各拉丹冬雪山，被冰川包裹着，山下大陆性冰川规模宏大，冰舌延伸，可它少有冰雪消融、汇流成溪的景象，因为这里巨大的蒸发量已将消融的冰雪水快速升腾到大气层中。地表径流在这里难以持续成溪，即使有不少冲刷的溪流痕迹，那也是季节性的。

几乎濒临散架的陆丰越野车拖着没有驱动的猎豹越野车向可可西里藏羚羊产羔的卓乃湖西岸进发的过程更加惨烈。我们依然没有沿常规的反盗猎巡山路线行进，翻越 5200 余米的巴音多格日旧山的内外流区分水岭，爬上红石山来到楚玛尔河源头的东支，并眺望到源头西支已经沙化成为季节性连接的众多小溪。东西两支源流从广袤的红砂岩沙化地中渗出涓涓细流进入湖荡，大多因湖水变浅而被蒸发或咸化。楚玛尔源流小溪在这些已经没有流水连通的孤立湖群的沙地间曲折摆动，艰难前进，逐渐汇集成河时，沿途两岸已是沙粒覆盖，稀疏的植被已经被一片片沙带隔开，风沙随时会将它们埋没。东西两支源流汇合后，楚玛尔河便稍有了河的形态。两岸出现了高大的沙丘链，这些沙丘逐渐合拢相连，已经有了沙漠的雏形。

2007年冬季江源考察，我们从青藏公路楚玛尔大桥沿封冻的冰河前行，观察到楚玛尔河没有像沱沱河和当曲那样发育有网状河床，而是两岸发育着切割数十米深的浅谷地，极少有分叉散流的现象。

沿着冰面行进数十公里，连绵起伏的红色沙丘和狂风扬起的沙尘让我们辨不清方向，以至误入沙漠中。但我们知道，多尔改错湖就在附近。隔日终于进入多尔改错湖冰面，整个湖水已结起连底冰，没有流态的水，两车在冰面上跳起了冰上芭蕾。几十公里的湖岸依然是红色沙漠，面积上千平方公里。江源被沙漠所侵袭的景象，不身临其境何以想象！

2013年7月，我带领科考队又进入可可西里，考察卓乃湖的溃决和水系变化。几年光阴，可可西里经历了一场沧海之变，一条汹涌澎湃的大河从卓乃湖破堤而出，在藏羚羊栖息的荒原破出一条崭新的河流，使库塞湖和海丁诺尔湖水位猛涨，面积扩大，逼近青藏线，甚至有可能在下游与楚玛尔河汇合。长江北源区水系将在这样的蝴蝶效应下发生变化，一系列水文地理指标将重写，长江源区水系格局将发生重大变化。不身临其境何以想象！

气候变化给江源区带来的变化越来越明显，对人类的影响也越来越深远。1986年当我们的科考分队进入当曲源时，源区还很少有牧民活动，给我们留下的印象是一片高原雷爆区，是世界上海拔最

我们的考察队在冰面上行进

高的泥炭沼泽地，几乎是无人区。近年来，由于唐古拉山脉南翼草场退化迅速，不少西藏牧民翻越唐古拉山查吾口，进入当曲源区放牧定居，昔日被称为无人区的当曲源目前已有上万人定居，成为这里的主人。

1986 年以后，我都把营地扎到各拉丹冬雪山东南西北不同冰川冰舌端的侧碛垄上。每一次考察，我们沿着冰川左右侧碛攀登到 6000 ～ 6200 米的雪线上，尽情俯瞰冰川的全貌和发育的水系，深情地遥望冰川融化汇集而成的长江最初源流纳钦曲向北而去。在长江冰川的怀抱下，我们受到了震撼和洗礼。一幅幅冰川画卷，摄入了我们的镜头，呈现给不曾来过江源的人们。

江源的封闭与隔绝所塑造的原始自然，蕴藏了太多的未知，给了我进入的冲动和探索的欲望。我们用身体去探索感受这片未知的土地，这也许是江源带给我最直观的诱惑，让我迷恋不已。

源自分享的冲动

从 1872 年世界上第一个国家公园——美国黄石国家公园建立以来，国家公园概念和模式应运而生，国家公园在世界各国迅速发展。目前，有 200 多个国家和地区已建立了近一万个国家公园。

我1994年开始接触国外的国家公园，通过对美国科罗拉多大峡谷国家公园、加拿大落基山国家公园、尼泊尔奇特旺国家公园和南美亚马孙国家公园的考察，发现世界上各种类型、各种规模的国家公园，一般都具有两个比较明显的特征：一是国家公园自然状况的天然性和原始性，即国家公园通常都以天然形成的独特环境为基础，以天然景观为主要内容，人为的建筑、设施只是为了方便而添置的必要辅助；二是国家公园景观资源的珍稀性和独特性，即国家公园天然或原始的景观资源往往为一国所罕见，并在国内甚至在世界上都有着不可替代的重要而特别的价值。这个理念体现着典型生态系统的完整性，为生态旅游、特种旅游、科学研究和环境教育提供场所，而划定为需要特殊保护、管理和利用的自然区域。它既不同于严格的自然保护区，也不同于一般的旅游景区。基于此，我在2000年提出建立川、滇、藏大香格里拉国家自然文化公园设想，同时建议在这个区域内建立冰川、河流、峡谷、地质、野生动物、民族等主题国家公园群。

去过无数的绝地，看过无数的美景，我确信三江源地区大美无言、绝伦无比，具有国家代表性和全球唯一性。在我眼中当曲源头是泉眼汇聚之地，沱沱河是冰川孕育的温床；楚玛尔河是沙漠中流淌的血脉；通天河是千回百绕的地质史书；澜沧江源是丹霞地貌和峡谷寺庙交相辉映的自然与人文沙盘；黄河源是水源、人文、传承和民族演

被绿色和云雾环抱的峡谷

变凝孕的天然博物馆。三江源有乳汁般的江河源，有气势磅礴的雪山冰川，有高原向山地过度的弯曲峡谷和自然带谱，有丰富的宗教文化和民族史诗；有广阔无际的湿地草原，有生物多样性的多元自然生态系统和珍稀物种，这里的每一个角落都是野生动植物的家园。30 万平方公里的三江源地区更是包含了绝美的自然人文风情，保持着原生态的巨大吸引力。国家公园可以说是为三江源量身打造。

早在 1992 年，我就开始与四川青旅合作，将三江源地区科考探险的旅行路线进行了海外推广，取得了比较好的业绩，开启了国内特种旅游（科考探险旅游）的先河，为提出三江源国家公园构想打下了坚实的基础。

在“大香格里拉国家公园”概念构想中，三江源成为大香格里拉旅游环线上一个重要的组成部分。

在国务院决定将三江源作为我国第一个生态试验区以后，探索“三江源未来”成为政府和公益组织思考和实践的行动。通过多年的积淀和观察，三江源国家公园蓝图逐渐变得清晰可见。

三江源是众心所向的天堂！

如果把它定位成发展方向，应该是这样的形态：

人类崇尚的深度自然体验旅行，节能环保型的功能设施，高科技现代化的全景展示，商业模式人性友好，个性化需求定制，全社会参与的保护，形成自然生态、游客、地方政府和经营者的共赢局面，建

推动江源冰川考察和户外运动

设新型旅游经济社区的全球典范。

2010年玉树地震后，生态型高原旅游基础设施和城市的重建跨越50年，为玉树的旅游产业化发展提供了历史性机遇。因此，玉树重建不光是城市的重建，还包括了区域交通基础设施、旅游设施建设，大香格里拉旅游环线的链接，旅游产品设计开发与包装推广，旅游从业人员培训以及旅游企业培育等。

亚洲的水塔、生态的高地、自然与文化赋予的天然制高点使三江源旅游完全能够高起点推进，诸如“亚洲水塔之旅”“感恩母亲河之旅”“江河源探秘之旅”“江河源漂流之旅”“长江源冰川之旅”“可可西里野生动物观赏之旅”“横断山脉与青藏高原过渡地带穿越之旅”“青藏高原气候变化探索之旅”以及“青藏高原地质生态之旅”等这些鲜亮诱人的深度自然旅游品牌正适应时代发展和人们的精神追寻。如今的玉树，将吹响人们关注人类命脉、进行全新旅行体验的号角。

可以想象，人们在雪山冰川前跋涉的快乐；在酥油灯映照的寺庙流连忘返；在琳琅满目的集市与康巴汉子讨价还价的气氛；在香火缭绕的神山曲径上虔诚的脚步；在波涛激流的江河中豪迈勇进的英姿。

美国艺术家乔治·卡特林1832年在他旅行的路上，亲眼见证了美国西部大开发中对印第安文明、野生动植物和荒野的影响。他写道：“它们可以被保护起来，只要政府通过一些保护政策设立一个大国家公园，其中有人也有野兽，所有的一切都处于原生状态，体现着自然之美。”作为一个深深迷恋三江源的人，我并不想将这里的一切据为己有，一种希望将这里所蕴藏的一切与世人分享的躁动一直在我心间回荡。这也许正是三江源传达给世人的另一种诱惑之力，它劝慰每个踏足这里的人敞开心扉，激荡着人类内心的冲动。

2010年发生在玉树的地震，让大众认识了玉树，知道了三江源。进入天堂般的江源大地这个强烈愿望已经久久潜入人们内心，是那样势不可当。那是人们最隐秘的生命之源，一种秘密的呼唤正等着我们去回答和验证些什么，等待永恒真理的最终显现……当人们的目光逐渐集中到玉树三江源的时候，这片神秘的大地正在慢慢地揭开它的面纱，吸引着人们好奇而深情的目光。

源自一步之遥

距离产生美，这是一条亘古不变的真理。这个距离既有地理层面的遥远，也有完美中夹杂的一丝瑕疵。

由于三江源和可可西里两大自然保护区覆盖了玉树大部分区域，发展生态型旅游在规划和实施中有严格的法律制约，而国家公园以生态环境、自然资源保护和适度旅游开发为基本策略，通过较小范围的适度开发实现大范围的有效保护，既排除与保护目标相抵触的开发利

考察中发现的黄河上游第一个沙漠区——雅娘沙漠区

用方式，达到了保护生态系统完整性的目的，又为公众提供了旅游、科研、教育、娱乐的机会和场所，是一种能够合理处理生态环境保护与开发利用关系行之有效的保护和管理模式。尤其是在生态环境保护和自然资源利用矛盾尖锐的三江源和可可西里地区，这种保护与发展有机结合的模式，不仅能够有力地促进生态环境和生物多样性的保护，同时也能极大地带动地方旅游业和经济社会的发展，做到资源的可持续利用。

经过 100 多年的研究和实践，“国家公园”已经成为一项具有世界性和全人类的自然文化保护运动，并形成了一系列逐步推进的保护思想和保护模式。

一是保护对象从视觉景观保护走向生物多样性保护；二是保护方法从消极保护走向积极保护；三是保护力量从一方参与走向多方参与；四是保护空间从点状保护走向系统性保护。

国家公园则是具备四项功能：提供保护性的自然环境；保存物种及遗传基因；提供国民游憩及繁荣地方经济；促进学术研究及环境教育。

说到此处，我忽然意识到三江源与人内心那种纠结盘亘的感情。正如巴荒在《阳光与荒原的诱惑》中所言：“我至今也不能分清，在这个生命的过程中，有多少分是理性的思考和哲学的关怀？多少分是文化的关注和情感的宣泄？多少分是神圣的职责和义务？多少分又是身不由己命运的驱使和对生与死的放逐。”我眷恋这片江源之地，那种尽善尽美的心态一直驱使着我不断在这片土地上寻找。这里的一粒沙，都能在我心中激起涟漪。我已经中了源之诱惑。其实无论这里怎样，它早就是我的天堂所在，只是我自己纠结不清罢了。

大江之源，大美无言

长江有三个源头，分别为北源楚玛尔河，位于可可西里内陆腹地；正源沱沱河，发源于各拉丹冬冰川；南源当曲，发源于唐古拉山东段北翼沼泽湿地。源区流域面积 10 余万平方公里。长期以来，人们能见到的江源影像并不多，主要是由于那里地处高原寒漠，陷阱重重，大部分地方没有交通，但是近年来随着气候变暖的加剧，源区放牧活动逐渐扩大，人口增加，环境压力不断加大。这里的科学考察只是零零星星地开展，缺乏系统性和持续性，气候变化的考察研究还处于空白状态，旅游资源除了少数探险科考活动，也处于空白状态。

在没有探险经历的人心目中，探险是英勇豪迈的，是刺激浪漫的。在我看来，探险和过日子一样，它是我的工作手段，我只要确定了地点和路线，就必须达到，没有回头路。

1986 年 5 月，我第一次徒步 9 天到达长江正源沱沱河源姜古迪如冰川。2006 年，我利用两辆国产陆丰 X9 越野吉普车、一艘漂流船，还有些简陋的户外装备，无任何后援在夏冬两季走遍了三江源，其间又是多次来来回回。

长江三源分布着不同的地质地貌、地理单元和自然景观，作为养育我们的世界大河，对我非常具有吸引力和科考价值，一直在我的计划中，当我们用了近 200 天时间，累计行程 4 万多公里，凯旋都市时，赴长江源的种种经历和景象还久久留在我的记忆之中。

长江三源向我们展现的当曲之水主要来自唐古拉山脉北坡的泉眼、湖泊和沼泽湿地，到了快与沱沱河交汇时接纳了来自各拉丹冬雪山东坡和唐古拉山口的尕尔曲和布曲来水，当曲水量大增，成为滔滔大河；沱沱河水主要来自唐古拉山脉主峰雄伟壮丽的各拉丹冬冰川群，北源楚玛尔河水主要来自已经逐渐演变为内陆水系的可可西里荒漠的湖泊群和沙漠，细小的水流断断续续百折不挠地流出沙漠，避开盐湖，最终与长江相连。

各拉丹冬雪山东坡康加曲巴冰川冰柱

南源当曲：泉眼汇集的河流

当曲源区平坦宽阔，发源于唐古拉山霞舍日阿巴山东麓草甸如毯沼泽湿地，面积上万平方公里，平均海拔 4700 多米。河流全长 352 公里，在长江三源中当曲源区年均降水量最大，达到 400 毫米，其间散布着上千个泉眼和湖泊水潭，这些水潭又被无数弯弯曲曲的小溪连接，构成了当曲源区的景观特征。当曲河源区是长江源区最大的水网沼泽地，呈放射状伸向江源大地，是长江三源中水量最大的源区。有人说这里是“登上分水岭，一眼望三江”，当曲源与澜沧江源和怒江源紧邻。

在汇集了无数的小溪后，当曲河水渐渐束为一股，向西北进入宽缓谷地形成曲流，在高原上缓缓流淌。到了中下游，又接纳来自唐古拉山中段和各拉丹冬东坡的冰雪融水，水量增加以网状河流形态汇合。至汇合处的通天河口，当曲河面宽达数千米。

长江三源中当曲的多年均流量为 167 立方米 / 秒，是长江正源沱沱河的 5 倍多。这说明长江南源当曲的流量是巨大的，如此多的水从哪里来呢?

在当曲的漂流考察中，我密切注意着当曲两岸汇入的支流，从卫星图和地形图所示的经纬度位置，我们对每一条汇入支流的流量态势进行观察记录。我注意到，地图上所示的右岸支流主要来自荒漠山源，由于干旱和荒漠化的扩展，水流大部分干涸或演变为季节性溪沟，基本上无来水汇入。2012 年夏季，我们驾车沿着当曲右岸行至下游河口，除了经过一些沼泽湿地，没有大的支流阻隔。而我们看到当曲左岸来自唐古拉山脉的几条冰川消融形成的支流却是补给当曲水量的主要河流，它们分别源于唐古拉山脉索拉窝玛冰川的杈吾曲，索拉窝玛冰川西坡和昂普玛冰川东坡的鄂阿玛纳草曲，昂普玛冰川西侧及附近冰川群和登卡日冰川的庭曲，以及汇集唐古拉山脉中段、西段各拉丹冬东坡冰川群等无数源流的木鲁乌苏河。正是由于当曲在中下游汇集了唐古拉山脉冰雪消融的百川，才使其有如此巨大水量，雄踞长江三源之首。难怪近年来国内外有不少专家学者提出长江的正源应当是当曲而不是沱沱河。

纵观当曲的来水特征，不难看出，唐古拉山脉的雪山冰川才是当曲的水源地，而来自各拉丹冬的尕尔曲和布曲流量竟分别达到 24 立方米 / 秒和 30 立方米 / 秒，这两条与沱沱河同处一源的河流汇入了当曲，虽然当曲干流在与上述两河即木鲁乌苏的汇合处有 91 立方米 / 秒的流量，但这主要还是由同样来自唐古拉山脉冰川的庭曲和鄂阿玛纳草曲等冰川补给河流给予的，真正从泉眼、湖泊、沼泽地发源的当曲源头来的水量是甚微的。

其实，当曲源头和其支流的沼泽湿地主要靠唐古拉山脉的冰川融水涵养滋润。也有来自大气降水补给，所谓泉眼涌水主要由地表含水层渗出，源区并无大量承压型地下水特征出现，一旦遇上少降雨年份或气候变暖趋势下冰川雪线退缩的加剧，当曲源区的泉眼就会断流，湖泊水系就会干涸，湿地特征就会消失。

为此，我一直在担忧，随着全球气候变暖趋势对青藏高原影响的加深，冰川、江河源区的自然环境的反应最为敏感，冰川退缩、水系锐减的演变进程越来越明显，当曲还能保持浩荡的水流吗？当曲源区的湿地景象能够永存吗？我们看到的当曲如今的景象似乎在告诉人们，当曲的水生命危在旦夕，保护冰川、减缓冰川退缩是人类的紧急使命！

当曲在巴茸浪纳山下有长约 20 公里的峡谷段，这一带断裂发育

澜沧江源头冰川融水河床

峡谷两岸时有丰富的泉水出露，也有多处泉华台，曲波液的涌泉最为壮观。比高 3 ~ 4 米的泉华台朝河伸展 100 余米，其上泉眼群集，有些已经衰亡。泉群中最大的一眼单泉流量为 0.018 立方米 / 秒，水温 26℃，泉水涌高 30 ~ 40 厘米，最高可达 1 米。

正是这国内罕见的泉华台景观，富含高浓度的矿化物水，从山上流经陡峭的峡谷谷坡时沉淀结晶，形成了这发育完整、错落有致、气势宏大、晶莹剔透、秀美有加的泉华台。我们已经漂流了七天，缺乏清澈的饮用水，从没畅饮过，一直期待能到达当曲下游的巴茸浪纳峡谷

当曲下游巴茸浪纳山下大型泉华台

口地图上注明的曲波液这个地方，只要到了那儿，就能狂饮甘泉，单只想想就有“望梅止渴”的奇效。然而，漂到那个地方时，他们看到的是一幅从未见过的美景，真让人惊喜，一股清泉从洁白的钙化滩上流出，我跳上岸狂饮，一种说不出来的怪味充满口腔。但是，看到雪白的钙华层层叠叠，一团团，一簇簇，形成一座巨大的“梯田”，我立即忘掉了难受和失望，在这无人的荒原深处，居然存在着大自然的华丽祭坛，堪称自然界的伟大奇观。

2013 年 7 月，我们又从陆路好不容易接近这座泉华台，在旁边安营扎寨，进行了 3 天考察拍摄。像金字塔一般的巴茸浪纳神山与当曲峡谷和彩池泉华交相辉映，必将成为长江三源的一处亮丽风景，吸引人们前来分享。

正源沱沱河：冰川养育的河流

我们往往是在被当地牧民认为不能进入的季节决定去姜古迪如冰川和沱沱河大拐弯以及各拉丹冬雪山的东西南北冰川。姜古迪如冰川深藏在各拉丹冬雪山群峰西南角，传统的进入季节是每年的五六月份冰雪解冻以前，而我们近几年进入的时间是 8 月份和冬季。我们一般不走传统路线，仍奇迹般地把车开到各拉丹冬四个方向的主要水系和冰川。

可可西里腹地新月形沙丘

姜古迪如是冰川的世界，两条向山谷延伸的冰川前端滴水处就是6300多公里的长江零公里起点，按照河流为远和顺向的原则，被确定为长江的正源，是地球上不多见的大陆性冰川发源的外流河江河源头。

2006年夏天，从长江三源一路走来，进入沱沱河向姜古迪如冰川进发时已经有3个多月，行程已有一万多公里，并且漂流当曲和通天河上游500余公里，陷车数十次。我们追踪寻源，开着破烂不堪的车来到了海拔5500米的长江正源最初源流的各拉丹冬雪山姜古迪如冰川脚下。

长江源区的冰川主要分布于青藏高原中部的唐古拉山脉主脊南北两翼和主峰各拉丹冬雪山，其次还有昆仑山脉南侧的部分冰川。这些冰川的分布地区平均海拔5500米以上，目前的雪线高度5500～5800米，各拉丹冬地区达到6000米。源区共有冰川627条，冰川面积1168.18平方公里，其中以各拉丹冬冰川最为集中、规模最大、消融水量最丰富，是名副其实的固体水库、当之无愧的长江水塔。

各拉丹冬的冰川发育一方面受青藏高原季风气候的影响，另一方面受高原腹地山地所形成的局地干冷气候影响，形成了具有显著特征的大陆性冰川。根据多年的研究，江源地区在第四纪冰期（大约300万～400万年前），冰川面积达24500平方公里，是目前的20倍。

长江源冰川深居我国内陆地区，与我国内流水系和干旱区呈过渡和交错的地理格局。但是，它以丰富的冰雪融水孕育了源区近20万平方公里的江源湿地、沼泽、湖泊和河流水网，并且冲破众多丘陵缓山的阻隔，容纳百川，连接干流，形成了伟大的长江。

在世界大河中，像长江这样以雪山冰川为源，具有广阔流域面积和多样地貌类型的极少。根据冰川学家测算，各拉丹冬冰川总体积为983亿立方米，折合成水储量为840亿立方米，相当于三个长江三峡水库的库容或两条黄河的年径流量。

各拉丹冬雪山，是长江源区冰川最发育和最集中的地方，也是长江源区发源河流最多的巨型冰川水库。主峰各拉丹冬海拔6621米，海拔6000米以上的雪峰有30余座，冰川面积790平方公里，现代冰川130余条。位于各拉丹冬雪峰西南侧深处的姜古迪如冰川和尕恰迪如岗冰川发育了长江正源沱沱河（也叫玛曲、纳钦曲）；北端的打鲁迪如冰川和吉饶冰川发育了切苏美曲汇入沱沱河；东侧的岗加曲巴冰川发源了姜梗曲和尕尔曲，与从青藏公路唐古拉山口东西两侧冰川发源的布曲汇合后汇入长江南源当曲，占据当曲流量的一半以上；另外，在各拉丹冬的西南侧以及南端和南侧分布的冰川群，还分别发源了曾松曲、切尔恰藏曲、旦发曲、支巴曲、格勒曲、拉萨曲等内流水系，它们是藏北内陆咸水湖色林错、赤布张错、洞错以及羌塘草原、沼泽、湿地的重要供水源。

在各拉丹冬雪山以东的上千里绵绵唐古拉山脉南北两翼，还分布着众多规模不等的现代冰川，分别发源了长江南源当曲水系的旦曲、前庭曲、鄂阿玛那草曲、吾曲等。同时，在其南部和东段支脉，还发育了怒江、澜沧江这两条著名的国际河流。这种大河共源的现象在世界上也是罕见的。

在三个月的江源区考察中，我由衷地感到，各拉丹冬冰川以及整个唐古拉山脉冰川和昆仑山脉的一系列冰川是孕育长江的水塔，对维系长江生命有着不可替代的作用，是我们要十分珍惜的生命之源。

1986 年 6 月以后的多次，我们都把营地扎到了各拉丹冬不同冰川冰舌端的侧碛台地上。每一次考察，我们沿着冰川左右侧碛攀登到 6000 米左右的雪线上，尽情俯瞰冰川的全貌和发育的水系，深情地遥望冰川融化汇集而成的长江最初源流纳钦曲向北而去。在长江冰川的怀抱中，我们受到了震撼和洗礼。一幅幅冰川画卷，摄入了我们的镜头，呈现给不曾来过江源、向往长江源的人们。

各拉丹冬，长江的水塔

各拉丹冬雪山东坡发源的当曲支流——尕尔曲

冰川环抱的长江源

我把车开到对岸的一处高地，爬山绕着雀莫错拍照。眼前出现的一面大湖，让我大为兴奋。

在湖的另一边架起三脚架，取景器里的这个无名湖泊，就是雀莫错的姊妹湖。天气也在这时好了起来，虽然没有蓝天，但突然亮起的天空和云缝里的几束光芒，已经让我们很知足。刚拍了几张，却又下起了鹅毛大雪。老天爷催我们继续赶路了。

我执意把车开到一个高高的布满尖石的山顶等光线，想再好好看看雀莫错姊妹湖和雀莫山。等了半个小时，也未能如愿，风雪打得人睁不开眼睛，只好安慰自己，不能太贪心，继续前进。

完全没有路了，向导扎西次仁不禁也茫然，只能凭感觉找方向摸索着前进。风雪中，一头公藏羚羊的尸骸赫然出现在眼前。两只长长的尖角直直竖立着，肉体已经全部腐败，只留下一张皮毛，分不清是被狼撕咬所致还是因人类的伤害。这一天，我们看到不少白屁股的藏原羚，而活的藏羚羊，却再没看到。与前两天截然不同。

我心里其实很忐忑，因为只是大致沿着姜古迪如冰川方向走，路到底在哪里，连向导次仁扎西也不能肯定。直到走到一条大河的时候，我才心中有了数，这是从各拉丹冬雪山正北冰川发育的切苏美曲，我们的路线完全正确。

顺着河流，不久我们就找到了从岗龙强玛方向来的“大路”，踏上正途。接下来的行程顺利，路边出现了一座空无一人的土木房子，是冬季的定居点。房前的小河边出现了两道彩虹，大饱眼福，让人心花怒放。左边的雪山怀抱着亮晶晶的冰川。顺着冰川往下看，切苏美河谷清清楚楚展现在我们眼前，网状河系像一条条彩带，随着太阳的光芒变幻着色彩。按照习惯，我们不再前进，转而爬山到高处看个仔细，车子爬不动了，就徒步上山。一直到太阳落山，我们才顺着山腰下山，绕到冰川下的一顶帐篷前。

这是一个七口之家，男主人是41岁的那那。他和47岁的妻子苏蒂有五个孩子，两个大女儿是18岁的次央措姆和14岁的德兴旺姆，16岁的大儿子才仁旺堆在家放牧，小女儿12岁，叫卓玛观琼，9岁的小儿子尤拉在玛曲乡上学。这里的孩子，不但学杂费全免，书本费和部分伙食费全由政府承担。

那那家有120头牛、700多只羊，比村长格刀家要富裕一些。在这里，牛的价格是每头2000元左右，羊300多元一只，那那用牛羊换来了一辆东风卡车、一辆吉普车和一辆摩托车。那那热情地为我们腾出了一顶帐篷，这里是他们的夏季牧场，到了冬季，他们就住在更靠近冰川的土木房子里。房子是1999年来自日喀则南木林县的6名工匠帮他们建造的，花了他15000元钱，工钱是7头牛。

那那告诉我们，他们把这个地方叫作格尼，称旁边的冰川为吉饶迪如。他还有一个双胞胎兄弟叫热勒，住在旁边另一条山沟的冰川下。

在伟大长江发源的各拉丹冬雪山，众多的冰川和雪山融水以及泉眼形成了母亲河最初的水流，其中正源姜古迪如冰川据长江流域规划办公室（简称长办）1976 年测定：南侧冰川长 12.6 公里，北侧冰川长 10.1 公里。至于各拉丹冬地区冰川条数的确切数目，目前似乎还是个谜，有资料说是 69 条，安多县的一份资料称“在南北长 50 公里，东西宽 15 ～ 20 公里的范围内，有 30 余座海拔 6000 米以上的雪峰，冰雪覆盖面积达 790 平方公里，有冰川 130 余条”。

爬到那那家附近的高岗远看，对面的一列列雪山银光闪闪。各拉丹冬的雪山融水是长江正源沱沱河的主要来水补给，雪山环抱中的冰川汇集而成的河流也是重要的水源。

我们对母亲河源头的认识实在太有限。直到 30 年前，中国人才找到长江源头。1978 年 1 月 13 日新华社正式发布消息：“经长江流域规划办公室组织查勘的结果表明，长江源头不在巴颜喀拉山南麓，而在唐古拉山脉主峰各拉丹冬雪山西南侧的沱沱河。长江全长不止 5800 公里，而是 6300 公里……”

至此，万里长江这条我国第一大河取代密西西比河成为世界第三大河。在此之前，人们对长江源头的认识，经历了一个漫长的过程，几乎就是中国科技史的一个写照。从现存史籍看，早在先秦时期，最富科学性的地理名作《尚书 · 禹贡》，尽管全文仅 1100 余字，已经有

姜古迪如南北冰川

“岷山导江”之说，认为嘉陵江、岷江是长江之源。而根据《汉书·地理志》的记载，可以推知至少在公元初年以前，人们已经知道金沙江源远流长，但并没有将其作为长江干流。三国时期的《水经》和北魏郦道元的《水经注》也认为岷江或嘉陵江是长江之源。这种说法相沿至明代中叶，历时2000年之久。直到徐霞客循金沙江而上，在云南实地考察发现金沙江比岷江更长，首次明确指出金沙江为长江源流之后，才纠正了“岷山导江”的传统认识。

清代康熙年间，为编制全国地图，皇帝曾多次派人到青藏高原地区进行考察和测量，面对密如蛛网的河流水系，只能望洋兴叹，说“江源如帚，分散甚阔”，把江源地区的布曲、尕尔曲、当曲或楚玛尔河等支流都当作江源。当时根据实测资料绘制的《康熙内府舆图》已经比较准确地绘出了通天河上游水系的大致位置。乾隆二十六年

(1761)，礼部侍郎齐召南根据前人资料著《水道提纲》，记载了以木鲁乌苏河为江源，并提到托克托乃乌兰木伦河（沱沱河）、喀七乌兰木伦河（尕尔曲）和阿克达木河（当曲），对江源水系的描述已相当全面，但是对木鲁乌苏河上游诸水位能否正确划分主支流、源头在何处则未涉及。

不可思议的是，到了民国年间，关于长江源的记载重新趋于混乱，甚至出现谬误。1946 年出版的《中国地理概论》说："长江亦名扬子江，源出青海巴颜喀拉山南麓……全长 5800 公里，为我国第一巨川。"这本书还告诉读者，黄河源出巴颜喀拉山北麓，于是便有了"江河同源一山""长江、黄河是姊妹河"之说，并载入当时的中小学地理课本。

后不久，林一山在 1950 年受命组建长江水利委员会，研究治理长江的战略计划，组建长办（现长江水利委员会的前身）并担任第一任主任。1958年，由长江流域规划办公室长办负责前往江源地区设勘察站，随后重庆水文总队成立长江河源水文勘测队，陆续在公路沿线设立楚玛尔河、沱沱河水文站，1959年青海省在布曲雁石坪设立水文站，并在得列楚卡（今尕尔曲口）进行水文测验。这几条河上的水文观测资料，为以后研究江源水系提供了科学依据。

1976年7月21日，由长办会同《人民画报》、《人民中国》、中央新闻纪录电影制片厂、青海省有关单位在兰州军区的支持下，组织来自14个单位和部门总计28人进行长漂考察，最终确认了长江的正源是各拉丹冬雪山西南侧的姜古迪如冰川，并非以前认为的祖尔肯乌拉山北麓。1978年，长办再次组织队伍对江源进一步考察，明确了这个结果。自此，长江源头之说才有了最终的确论。

姜古迪如冰川真面目

2006年8月29日，我们离开那那家的夏季游牧帐篷向姜古迪如冰川进发。

过切苏美曲还算顺利，我们小心翼翼顺着河滩按照经验一次冲过。再向西，是一大片水草丰美的平坡，全是沼泽。走了一两个小时，过了一二十公里，车子又被陷住了。直到天黑也没能把车子救出来，一干人马只好心平气和就地扎帐宿营，明日再战。

次日睁开眼，大地一片银装素裹。顾不上吃饭，先把车子弄出来要紧，昨日大半天的捡石头、垫木板、打千斤顶的辛劳没有白费工夫，加上气温骤降、大地封冻，车子很快就被拉了出来。

继续前进，不久，左侧的山沟又出现一处冰川，老习惯，停车细看。一个叫阿布的当地牧民走了过来，告诉我们冰川的名字叫打鲁迪如。车子在沼泽的大小草甸间蹦蹦跳跳走得实在艰难，实在没法前进，我们就改为徒步。走向打鲁迪如冰川的这一段路，显得很漫长。记忆里超过一个小时，才到达冰舌。走到近前，有点失望，没有渴望中的冰塔林之类的奇观。我在 1986 年“长漂”时和以后的日子曾多次来过这里。直观来看，这个冰川似乎退缩得没有姜古迪如明显，整个各拉丹冬地区的冰川，因为小气候和具体位置不同，也许并不是每个都缩减，总量仍保持相对平衡。具体怎样，还需要仔细研究。

玛曲乡第六村村民阿布的家就在打鲁迪如冰川脚下的一个高地上，这里也是各拉丹冬雪山群的最北端。我们从那里折向南，沿着沱沱河左岸继续向姜古迪如冰川接近。

首先要过的是打鲁迪如冰川下极宽的河谷，宽到出乎我的想象，感觉最宽的地方足有好几公里。河滩里满是乱石，横七竖八，尖石耸立，难走极了，一直担心会扎破轮胎。好在我小心驾驶，顺利通过。

各拉丹冬雪山下的牧民

向导次仁扎西裹着军大衣在前面找路，这一段二三十公里的路，我们走了整整一个下午。倒没出什么大问题，只是陷了几次车。

沿途山沟里冲下的一条条乱石滩，也让我们经受了很大的考验。这么宽且深的河沟以及这么多的大石头，是我以前几次在这里考察时前所未见的。我分析，这应该就是雪山、冰川融化速度加快，以致形成冰川型泥石流或冰湖溃决型洪水的一个例证。

天气的变化在这一天丰富多彩，忽阴忽晴，云层翻动，为对面的尕恰迪如岗怀抱中的众多冰川蒙上了一层神秘的面纱，美极了。光线好的时候，我们的镜头里同时能拍到四条冰川。

2006 年 8 月 30 日 19 时，我们终于看见了姜古迪如冰川。车子越过牧民的土木房子，沿着河谷台地爬行，我们在冰川尾部的基岩上扎营。

这是一处很不错的营地，虽然搭起的帐篷有些倾斜，晚上睡觉不是很舒服，打水要走很远，但南北两条冰川都能看见。月亮升了起来，朦朦胧胧的冰川白花花的，似乎触手可及。

安顿下来后，大学生志愿者刘砚和杨帆气喘吁吁打来了从冰川里流淌出来的清水，我开始做这天的第一顿饭。点起煤气灶，切菜配料，烧菜炖肉，我在野外拥有的佐料总是按居家配备——这让大家总能在宿营地吃到有滋有味的正宗川菜。

次日起来又是大雪，天昏地暗，我们只好蜷缩在帐篷里无所事事。正觉得沉闷，长江源冰川下的两户牧民拉西和南扎以及南扎的弟弟各扎来访。

他们现在都没住在冰川下的土房子里，一是要在更高的夏季牧场放牧；另一个原因是前不久一只熊竟然破门而入，跑进屋子里折腾得一塌糊涂。一个月前，在通天河畔的曲麻莱县勒池村，我们还得知有人被熊吃掉了，看来，野生动物多了以后，事情的另一面也值得重视。

下午，天似乎在一瞬间放晴了，我们抓紧时间爬向冰川左侧的一处高坡。山陡峭且海拔高，人走得累极了。到高处后，只见脚下的冰川像一条长龙，一直伸向我们视线尽头的山谷深处，和雪粒盆融为一体。这天的云彩很丰富，照得冰川像一个大舞台，向我们展示各种各样的白，原来白色也可以这么丰富。

冰川在月光下闪着银色的光辉，我们坐在夜幕下的姜古迪如营地，耳畔是“哗啦哗啦”的水声，这改变了我原先以为的涓涓细流的印象，和我们一个多月前在南源当曲的印象截然不同，最初的沱沱河现在已经俨然一条大川。

又是新的一天，天气还是直到下午才放晴。这个季节，这里就是这样，早上基本都是阴天雨雪，下午才放晴。这一天，我们不顾风雪，早早到南侧冰川近前仔细观察，还是没看到冰塔林之类的奇观，冰碛湖也没找到。1986 年“长漂”时竖立的纪念碑，也找不见踪影。

我指着冰舌以下几百米处的乱石滩向同伴们说：“原来应该在那

里，谁知道现在冲哪里去了。”唯一能够见到的是2005年和2006年“绿色江河”长江源冰川项目在冰舌前新立的标志碑，如果冰川继续退缩的话，也有坍塌和被冲走的可能。

很多人担心姜古迪如冰川的退缩将影响整个长江的长度，那么万里长江到底有多长?

回顾这个问题颇有意思：民国时期的长江长度，由于人们认识水平的局限，采用江源、河口位置不同，量算方法各异，曾先后出现过不同数据。中华人民共和国成立后，长委会在1954年以东经91°、北纬34°为江源进行量算，经核定长江长度为5498公里，泛称5500公里，后来一直写进中小学教科书里。1987年，长办水文局定稿的一份《考察报告》指出：“根据长办最新量算成果——以长江‘三源’（正源沱沱河、南源当曲、北源楚玛尔河）各源头分别算起，截至同一点——长江口50号灯浮，长江干流长度分别为以沱沱河为源全长6397公里，以当曲河为源全长6403公里，以楚玛尔河为源全长6288公里。”这份权威的报告说：“我们认为，今后有关出版物或正式文件，应以此数据为准，一般提到长江长度，仍以沱沱河为源，全长6300公里，涉及具体长度，可采用6397公里。”

实际上，目前全世界著名的各大河的河长，也都很难说出精确的数字。非洲国际河流尼罗河在不同文献记载中，6700公里上下浮动；密西西比河既有美国密西西比河委员会公布的长度6415公里，也有美

观察冰川

国陆军工程兵团公布的 6262 公里、6020 公里等不同数据；南美洲国际河流亚马孙河在全球万里长河中河长最富争议，其长度数据有 7025 公里、6275 公里等多种说法。依据前者，亚马孙河为世界第一长河，并且是世界上唯一超过 7000 公里的河流，依据后者，该河长度则不仅不及尼罗河，而且不及长江与密西西比河，仅列全球第四。

归途的这一路，我们能看到的主峰远没有在岗加曲巴那边的尕尔曲河谷看到的漂亮。其实，欣赏各拉丹冬雪峰最美的角度，是从雁石坪进来的那条传统线路，也就是我们往年走的路线。

很难忘记 34 年前初见各拉丹冬的震撼：黄昏时分，被风雪和徒步折磨了一天的我们筋疲力尽，刚搭好帐篷准备宿营，天竟然一下子放晴。向导达尔吉烧火做饭，我背着相机爬向不远处的一个山坡，还没到山顶，视线尽头就突然闪出了金黄的金字塔尖。各拉丹冬就在我最没有准备的时候出现了！再往上，雪峰的大部分清清楚楚呈现在眼前。随着太阳和云彩的变幻，各拉丹冬玩起了色彩：金红、火红、深红、嫣红、鲜红、淡红、粉红、橘红、酒红、玫红、绯红、桃红、紫红、洋红、品红，应有尽有，完全超出常识，感觉比色谱还丰富，能想出的关于颜色的词语全用上也不够。最神奇的是，随着太阳落下，雪山以上开始被大片大片的乌云笼罩，就山尖周围不大的一块透出天空，却从一片深红变成了一片白。洁白的雪山和白色的背景，竟然也能和谐到让人无话可说。前后不超过半个小时的样子，眼前的各拉丹冬雪山完全超乎寻常的美丽。那天，遥望雪峰，我竟不由自主有了想跪拜的冲动。

“长江源”纪念碑，1999 年由国家测绘局设立，现在已经成为一个重要旅游地标。这里是格尔木市唐古拉山乡所在地，也有人称这个地方为“沱沱河沿”。站在纪念碑前朝两边看，东西两座雪山怀抱中的冰川熠熠生辉，静静伫立，动人的光芒令人深刻感受到什么叫大美无言。

长江第一湾

回到唐古拉山乡，一个消息让我决定沿着沱沱河而上考察玛章错钦，然后再一直上溯到万里长江第一大拐弯和葫芦湖，考察沱沱河上游的情况。

在沱沱河流域，据统计分布有大小湖泊 200 多个，雀莫错、玛章错钦、葫芦湖都是比较大的。这些湖泊，有些比如玛章错钦连通着沱沱河；有些像雀莫错，已经演化成为内流湖。

一场大雨使沱沱河支流扎木曲暴涨，我们最初找的向导蒙琼回家去了，他家就在玛章错钦那一带，从冰川出来再也难找合适的向导了。唐古拉山乡乡长周毛对我们说：“这高原上的河，变化很快，谁也说不清楚，只有到河边才知道。”

考虑再三，我还是决定即刻上路，碰碰运气。2006 年 9 月 5 日，我们从长江源纪念碑旁的一个隧洞里穿过青藏铁路，沿沱沱河溯源而上。

没有向导，只好按经验找车辙多的地方继续前进。走着走着，走到一户藏族同胞的帐房前，却彻底没了路。

问路，怎么也问不清楚。我们没有人通晓藏语，而这几位藏族同胞都不会说汉语。“玛章错钦，玛章错钦……”，几位藏族同胞终于明白了，望右一指。GPS 测了我们的具体位置，再对照地图仔细察看，正确的方向算是找到了。

没有路了，这一带小湖密布，小心翼翼绕行，走着走着，路竟然又出现了。继续走了十分钟，我们被 ·条大河挡住了去路。

河对岸停着一辆吉普车，几位藏族同胞正在河中探路，看样子，水有齐腰深。我判断了一下，开起自重较轻的陆风车先冲了过去。

接着，猎豹车也跟着冲了过去。我在车子里面，只见浑浊的江水呼啦啦淹没了挡风玻璃，瞬间的心惊过后，车子歪着身上了对岸，总算平安无事。

几位藏族同胞冲着我们直啧啧嘴，其中有一位汉语不错，交谈得知，他们来自葫芦湖一带的玛曲乡扎木拉村，此番出来是去安多县卖羊毛。他说，前面再没有这么大的水了，只是要注意陷车，并详细给我们说明路径。

沱沱河大拐弯处的内陆湖——葫芦湖，长江从这里改变流向向东奔流

继续前进了大约一个小时，我们就看见了玛章错钦。眼前的玛章错钦，大约是因为和沱沱河连通，在这个雨季呈现出一种浑浊的红色，远没有卫星地图上看起来漂亮。

为了更好地考察葫芦湖，我故伎重演放弃依稀可见的道路，开车爬山。有几段路，车子走得几乎直立，像是表演。就这样走走看看，一直折腾到黄昏，我们才在湖对岸的一座土房子前停了下来。

这也是当地牧民的一个冬季定居点，现在主人不知道游牧到哪里去了。门上有锁，偷懒一下省得搭帐篷的计划落空，四周看看，水源有点远，便继续前进，又翻了一个小山包，在一条小河边宿营。

刚吃完晚饭，狂风夹着瓢泼大雨扑面而来。帐篷被打得“啪啪”直响，耳边风声“呜呜”怪叫，正好催眠。

第二天的路变得艰难起来，又翻过一个山包后，进入了一片星罗棋布的小湖泊和沼泽、烂泥滩交织的谷底。远处的沱沱河边，有一个较高的圆圆的山包，我按照惯例想爬到山顶去看。车子绕来绕去，终未能如愿，走着走着不是被大片沼泽就是被湖泊挡住去路。

继续往沱沱河上游前进，中午时分，车子陷进一片烂泥滩。折腾了两个小时才顺利脱险，过了一个名字很好玩的小湖，我们又看见了金字塔般的雀莫山。天气不错，山顶的积雪亮亮的，像戴了一顶白帽子。

再往前翻过一个山口，车辙印彻底找不见了，按照经验试探着往高处走，结果远处看起来平平的山坡竟密布湿软的沼泽，两辆车子分别陷了一次，救援其中一辆车耗费了我们三个小时的时间。全部脱险后，我们改为向下，下到山谷底部过河时，探路的陆风车再次陷入泥潭。

这次情况非常严重，车子的底盘整个深陷烂泥，前进或后退，四个轮子都只是空转。这时，天快黑了，大风四起，寒冷异常。情况糟透了，前路不明，车陷深潭，要把车子弄起来并不轻松。大家默默地各做各事。在野外，良好的心理素质是保证计划顺利进行的最重要的基础。

天无绝人之路。这时，远处的山巅出现了一群羊，这意味着这里有人烟。

高声呼喊半天，没有丝毫回应。我让税晓洁追踪而去，羊群却越走越远，下了山头走出了我们的视线。

税晓洁追着羊群翻山，走了两座山后，终于在羊群的下面看见了一顶帐篷。他站在山顶扯着嗓子呼喊。下面的人听到了呼喊，朝我们这边走来。

我只能说我们非常幸运，羊群的主人占多，听不懂更不会说普通话，但另一位来此收羊毛的先生尼达来自安多县城，可以和我简单对话。当问到葫芦湖时，两位却都不知道，再问大大的湖，两位说那叫“扎木拉错钦”。后来的事实证明，那是一回事。

两位牧民都很热情，随我翻了两座山来到陷车处，尼达先生和占多先生指明去葫芦湖的正确路径，竟然就是顺着我们陷车的这条河流蹚水而上，一直到分水岭。然后，再沿着另一边的河流，继续蹚水。我们这一陷车竟然歪打正着。顺利过河的话，我们真不知道又转到哪里去了，只会更加麻烦。

分水岭的另一边一片荒凉，丹霞地貌的荒坡上没有什么植物，让人想起新疆的景观。

这是我们此行所见最美丽的一个湖，初始所见是一个宽宽的带状，湖边的高山裸露着地壳运动留下的挤压痕迹，颜色整齐而深邃。我们环湖而行，看到了一处巨大的丹霞地貌景观。

湖的左侧是一片浩大的草场，我们渡过三四条大小河流来到湖边高地的一户人家。遗憾的是，这家人没有一位听得懂普通话，基本无法交流。凭着手势和我们所会的所有藏语，我们只弄明白了老阿妈叫秋竹，最漂亮的一个姑娘叫才仁卓玛。

黄昏时分，我们爬上了这户人家左侧的山顶，长江第一湾出现在眼前。站在山顶，眼前的景色令人陶醉，右手是浩瀚的葫芦湖，前方是沱沱河的重要支流塔曲、波陇曲、扎木拉茶曲，蜿蜒而来，在黄昏

沱沱河大拐弯，长江第一湾

的暖阳下呈彩带状。南来的沱沱河主流在此接纳西来的扎木拉茶曲，转头向东，一直奔向东海。如此壮观的景色使我们流连忘返，一直等到最后一抹夕阳西去，才依依不舍地下山。

归途还算顺利，只是在距离唐古拉山乡一二十公里的地方遭遇了一次陷车——那是扎木曲即将汇入沱沱河的地方，水量巨大，冒险过河时车陷在河的正中央。救出车后，我们绕道而行，直到第二天深夜，在风雪交加中，终于又回到了青藏公路，大家兴高采烈地讨论着下一步可可西里长江北源楚玛尔河的行程。

长江南源当曲：这里有世界海拔最高的湿地景观

当曲湿地最高发育到了海拔5600米，是青藏高原湿地的上限

近些年来，有科学家对沱沱河作为长江正源的身份提出了新的观点，认为当曲才是长江正源。与沱沱河的长江正源之争，让过去默默无闻的当曲，开始走出学术圈，受到社会大众的关注。

在长江三源（正源沱沱河、北源楚玛尔河、南源当曲）中，主张当曲为长江正源的主要依据是长度和流量，但可能忽略了一点：当曲在下游接纳了各拉丹冬冰川的来水，才使得流量大增。近年来，西藏、青海两地关于长江源区历史遗留的归属问题没有彻底解决，导致当曲正源问题又被提了出来。甚至也有专家对长江三源提出质疑，认为北源楚玛尔河不能算是长江的源头。

在长江源考察多年，我深知，一条大河的源头问题非常复杂，特别是牵涉到十几亿中国人情感的长江，其源头问题就更不是一个小问题了。

因此，我倾向于把长江源头确立为三源（南源当曲、正源沱沱河、北源楚玛尔河）比较合理。因为长江三个源头的地理位置相对独立，有不同的水文背景和自然生态系统和特色景观。长江三源缺一不可，更有利于长江源的保护和三江源国家公园的整体性，也尊重了国人的长江情怀。

长江南源当曲，其地貌特征主要为沼泽湿地

其实，对于源头之争，我并没有太大兴趣，在考察长江源的过程中，我认识到了长江三源各自的特性和重要意义。

南源当曲是我国高寒沼泽湿地的集中分布区之一，是青藏高原腹地重要的水源涵养地，有着世界海拔最高、面积最大的沼泽湿地，总面积 8900 多平方公里。

中国是湿地资源最丰富的国家之一，几乎囊括了国际湿地公约所有的湿地类型，并拥有世界上独特的青藏高原湿地。青藏高原湿地是我国沼泽湿地分布面积最大的区域，占全国湿地面积的 20%。其中在长江源区，以当曲流域湿地发育最广，沱沱河次之，楚玛尔河最少。

尤其在唐古拉山北侧，当曲的沼泽湿地最高发育到了海拔 5600 米，达到了青藏高原湿地的上限。

当曲流域湖泊密布，河网纵横。这里降水丰富，是长江源降水量最多的区域。当曲水量数倍于沱沱河，是长江三源中流量最大的河流。因为当曲的流域面积和水量都比沱沱河大，才有人主张将当曲作为长江正源。

当曲具有独特的流域地貌特征，一直以来是我国科研的空白区域。到目前为止，利用现代科技手段深入当曲腹地、进行科学考察的团队，比长江正源沱沱河还少，当地的气象、水文、地质和生态资料及相关科研成果都极少。

正因如此，我对当曲的兴趣越来越大，决心到实地做一番深入考察。

我算是考察长江源的“老司机”，
却被当曲湿地来了一个下马威

没想到的是，刚进入当曲源区，我就遭遇了一个下马威。那是 2006 年 7 月中旬的一个早晨，我还在帐篷里酣睡，突然一股寒流从脚底向我的全身蔓延，把我从梦中惊醒。蒙眬中我没有搞明白，躺在帐篷里，用羽绒睡袋裹住的全身，怎么就浸泡在冰冷的水里了？帐篷外，越野车传出声音，我才发现，车里已经挤进了 4 个人，我的考察同伴

早已跑到车里躲避“水灾”了，两顶藏式布帐篷被一夜大雨淋透了。

睡在冰冷的水中，衣物全湿，再看仪器和设备，电脑和相机都不同程度地进了水。环顾四周，满目沼泽湖荡。当曲就这样给了我一份见面礼，让我秒变“落汤鸡”。

其实，在进入当曲源头之前，我就有一种“不祥”的预感。看到地图上密密麻麻的沼泽水网，我的心七上八下，不断询问有关人士，搜寻各方信息，但信息非常有限，有价值的信息就更少了。翻阅1986年长江科考漂流探险的文集《长江正源研究》，了解到科考小分队是从西藏聂荣县翻越唐古拉山口，由南向北进入当曲源区，而我们是从青海杂多县进入的。

有一位朋友去当曲源的经历，更是让我心惊肉跳：他在6月份驾驶一辆崭新的北京吉普，试图进入当曲源区，路上遇见修筑公路的民工，询问如何去源头无果后，朋友告诉他们：“我车里坐垫下有2万元钱，如果我5天后没有出来，你们就来救我，这2万元就是你们的了。”结果两天后，他狼狈地开着车出来了，对修路民工说：“我实在不敢再往里走了，就算你们进去也不能把我救出来。”

朋友的故事让我心里一直弥漫着一种恐惧感。我们一行8人，两辆国产越野车，满载考察装备，连车顶都是堆成了小山的物资，我们能顺利闯进这个充满陷阱的沼泽源头吗？

陷入湿地

在当曲源区，我看到的竟然是可以媲美“江南水乡”的景观

我们从青海省杂多县城出发，先是在澜沧江源区的盘山公路上环绕盘旋。这是唐古拉山脉东段发育的澜沧江源区，一幅山水相依的磅礴气势。我才意识到唐古拉山脉不仅孕育滋养了长江，还有澜沧江和湄公河，以及同样伟大的怒江和萨尔温江。

值得庆幸的是，我们这次走的是一条由青海省政府投资数千万元修建的通邮公路，这条路已基本修完，因此行进得非常顺利，沿途不时与成群的牧民摩托车队相遇。大约8小时后，我们越过两江（澜沧江、长江）分水岭，进入当曲源区。当曲源头是以泉水和湖泊为主要特征的沼泽湿地，也就是说，这是一个泉成源头，在过去的资料描述中，这里是荒无人烟的不毛之地。

我们的车离开前往查旦乡的公路，沿着一条泥泞的放牧便道，向当曲源纵深挺进。两旁有许多坑坑洼洼的水潭，前方隐约出现了牧民的帐篷和土房，与澜沧江源区的景观大不相同，这便是沼泽湿地的显著特征。

眼看天色已晚，我怕遭陷车之苦，便在一个小湖边扎下营地，小湖周围还有不少湖群，营地仿佛是扎在一座小岛上。我发现这些小湖相互独立，并无溪沟相连，湖水很浅，透明见底。我用手指沾水舔了

2006 年 长江南源漂流（左起苍狼、税晓洁、杨勇）

舔，味道虽然不觉甘甜，也无异味，便决定用此水做饭。

清晨，雨后的源区空气格外清新，远处是唐古拉山脉尖尖的峰峦，像士兵一样排列，山前是一块块绿色的地毯，铺洒在大地上，上面点缀着闪亮的水荡和小溪。队员们各自忙碌着活计，有的追拍野生动物，有的拍摄朝霞美景，有的寻找汇流的河道，有的整理装备。晴好的天气，让大家忘记了刚刚发生的“落水之苦”。

远方山边的帐篷上，升起了袅袅青烟，一群群牛羊如星星般点缀在翠绿的草原上。我想象中的“无人区”源头并没有出现，反倒是一派田园牧歌的景象，这确实出乎我的意料，让我有些吃惊。

很快，几辆装饰得很花哨的摩托车来到我们营地，下来几位彪悍的藏族青年，随车音响很响亮地放着我们从未听过的藏族原创音乐。经过一番艰难的交流后才依稀知道，当曲源目前是青海、西藏三县三乡共有，其中当曲正源的湖荡沼泽地以及上游右岸的草场，由杂多县查旦乡牧民放牧。查旦乡共有 4100 多人，主要分布在当曲源区东部和上游右岸（指河东）；当曲左岸（指河西）以西区域为西藏聂荣县、索县的牧民放牧区；当曲源共有 4 条主要源流，目前已有数万人在此生活居住。

“今年的长草季节提前了，天热得很，闷闷的，草长得不高，有些好牧草长不出来，蘑菇也没有了。”这些藏族牧民告诉我们。

在杂多县城听查旦乡乡长达杰介绍，当曲源属于三江源保护区的核心区，已实施退牧还草生态保护和生态移民工程，牧民自愿搬迁，对不愿搬迁者实行以草定牧。这一政策实施得如何不得而知，但从眼前的景象来看，牧民开始了定居式放牧生活，现在是空前的繁荣。

我来到一处牧民的帐篷前，看到附近堆放着数十根圆木和大堆石块，可能是准备建房用的材料，一辆“三菱”越野车和几辆摩托停放在帐篷边。

这时，黑压压的乌云预示着大雨即将来临，我正想离开时，一位叫尼扎的藏族汉子从帐篷里出来招呼我。我看他身着汉装却不懂普通话，于是不停地用手比画，生怕他误认为我是偷车贼。他热情地请我进去喝茶，于是我进了帐篷，品尝了女主人递过来的热气腾腾的酥油

当曲汇集源区泉流、湖凼、沼泽水量后，呈现出蜿蜒的曲流河谷

茶。帐篷里温暖而舒适，有 5 个年龄相差不大的孩子，还有一个襁褓中的婴儿。原来他们准备在这里定居。

我想，如果光有一望无际的沼泽湿地和河流湖泊，没有炊烟袅袅的牧民和四处游荡的牛羊，当曲这块湿地就一定会少了很多生气。这是一幅海拔接近 5000 米的“江南水乡”景观图，如此高海拔的水乡，又如此充满人气，确实令人感到意外。

在长江源头降水量最多的当曲，沙漠正在悄悄地蚕食着湿地

我带了一幅比例尺为 1 ∶ 50 万的地图，上面给我提供的信息是，当曲源是由泉眼、湖泊、沼泽和湿地组成的水网。于是，我的脑海里很多次出现了红军过草地的情景——人马陷在沼泽里，寸步难行。但很快，我发现之前的想法需要纠正。因为我来了之后才发现，在长江源头降水量最多的当曲，现在竟然出现了荒漠化，沙漠正在悄悄蚕食着湿地。

有一次，我沿着河流，向一侧横向走了几公里。途中，我看到大面积失水的沼泽地、露底的湖荡以及干涸的河床，不少鼠兔在草垫上窜来窜去，这里已成为它们的天堂。薄薄的草根层下，已露出河湖相沉积的泥沙，风不时扬起一阵阵沙尘。

考察中，我们分别于当曲上、中、下游三个点，向右岸深处徒步进入，以便考察地图上显示的沼泽湿地和支流水系，然而看到的却是失去了水分涵养的沼泽湿地，已全面退化成稀疏的草地，有的已经开始沙化，被鼠兔、旱獭全面占领，大片草场被它们蚕食，变成一块块荒芜草甸和沙地。我们行走在上面，脚步沉重，好似行走在沙漠里。在当曲河口，还出现了沙漠条带，河的两岸已被内陆盐湖包围。

当曲湿地草原快速退化

当曲河畔的温泉

其实，从区域来看，长江源区的沙地主要分布区并不在当曲流域，而在青海省曲麻莱和治多两县境内的通天河阶地和楚玛尔河滩地，这些沙地就占了源区沙地总面积的 90%。近 30 年来，长江源区的荒漠面积发展迅速，占到源区总面积的 28% 左右。

对于长江源区的沙化现象，已经有一些专家做过研究，一般认为，这是由长江源区所处的特殊地理环境造成的，气候变暖使植物群落结构变得越来越简单，生物多样性锐减，草地生产力下降，植被覆盖度降低，为荒漠化发生与扩张创造了条件。也有专家认为，荒漠化跟冻土、岩石条件以及人为破坏、鼠害等因素有关。

当曲水量的主源流，是冰川融水而不是沼泽泉眼

过去一些专家认为，当曲的水量主要来自唐古拉山脉北坡的泉眼、湖泊和沼泽湿地，而沱沱河的水主要来自唐古拉山脉主峰各拉丹冬的冰川群，楚玛尔河的水主要来自可可西里地区的湖泊群。

在考察当曲中，我一直在密切注意着当曲两岸汇入的支流。依据卫星图和地形图所示的经纬度位置，我们对每一条汇入支流的流量进行了观察。我注意到，地图上所示的当曲右岸支流，主要来自稀疏的草甸，由于干旱和荒漠化的扩展，水流大部分干涸或演变为季节性溪

沟，基本无来水汇入；而左岸唐古拉山脉的几条支流，却是补给当曲水量的主要河流，它们分别源于唐古拉山脉索拉窝玛冰川的杈吾曲、索拉窝玛冰川西坡和昂普玛冰川东坡的鄂阿玛纳草曲，源于昂普玛冰川西侧及附近冰川群和登卡日冰川的庭曲，以及汇集唐古拉山脉中段、西段各拉丹冬东坡冰川群源流的木鲁乌苏河。来自各拉丹冬的尕尔曲和布曲，其流量竟分别达到了 24 立方米 / 秒和 30 立方米 / 秒，这两条与沱沱河同处一源的河流，最后都汇入了当曲。

通过实地考察我发现，唐古拉山脉的雪山冰川才是当曲的“水塔”。正是由于当曲汇纳了唐古拉山脉冰雪消融的百川，才使其有如此巨大的水量，雄踞长江三源之首。难怪近年来有不少人提出，长江的正源应当是当曲而不是沱沱河。可以说，真正从泉眼、湖泊、沼泽补给当曲源头的水量是很少的。

如今，全球气候变暖趋势对青藏高原的影响在进一步加剧，雪山冰川、江河源这些区域的自然环境对此无疑最为敏感，由此导致的结果将是冰川退缩、河流干涸的变化将会越来越明显。那么，在未来，当曲还能有如此充沛的水量吗？当曲的湿地景观还能留存多久？我想，这一切都需要交给时间来回答了……

当曲漂流营地

当曲沿岸有美景

当曲是一条处女河，鲜为人知，我们的漂流品赏了一席席美景盛宴。当曲源头沼泽遍布，在陆地称王称霸的哪怕世界上最先进的越野车，在这里也被拒绝。考察当曲，漂流是最佳选择。

在西藏自治区巴青县实际管辖地巴庆，河上已于1995年建起了一座大桥，据说这是为通往西藏的公路而先期建成的。离桥头不远，我们看到一片冒着热气的泉华地貌，走近一看，这是一处温泉群喷溢的地质遗迹，富含矿物质的热水溢出的岩浆物已筑成一座数米高、长近100米的岩墙，四周地面上散流出五彩斑斓的水迹，有的还在吐着气泡，有的冒着热气，有的涌出温度不一的热水。这是一处复合型火山温泉地质遗迹，由于富含有益矿物质，我们的到来惊动了不少在此喝水的飞鸟和野生动物。

漂流到第七天，在当曲下游的巴茸浪纳峡谷，地图标注有一泉，名“曲波液”，这一直是我们的期待，漂流几日来没有足够饮水的我们，真希望到此泉能狂饮一番。漂到这里时，一幅从未见到过的美丽泉华台景观让我们惊叹。我们奋勇地在峡谷急流中跳滩靠岸，忘却了饮水解渴，用相机不停地留下这美丽的画卷。

这是由巴茸浪纳山中流出的浓度极高的矿化物水沉淀结晶并顺陡

长江南源当曲曲流

当曲人家

峻峡谷谷坡而形成的国内罕见的台级泉华台景观，错落有致，一泻河边，发育完整，气势宏大，晶莹剔透，美丽有佳。经初步考察，此泉华台，垂高150余米，面积数万平方米，由山体中涌出的矿化质水结晶而成，在国内已发现的泉华台景观中，其规模、观赏性方面是罕见的。此泉华台还经历了三次以上的地震移位作用，由于经历过地震移动的破坏，出水通道发生变化，形成了不同时期的新老泉华台，老的泉华台由于地震崩塌作用，已遭重大破坏，泉华表面已风化垮落，色彩暗淡，华丽不再，新的泉华正在发育形成之中。

直观看来，堪比著名的松潘黄龙和云南丽江白水台。目前，这个泉华台，除了走水路漂流，别的交通手段还真难以抵达。大自然以它自己的方式，护卫着这片美景。

漂流通天河八百里无人区

我们长江漂流小分队在沱沱河休整了一天，并与沱沱河兵站的官兵进行了一场意味深长的联欢晚会，一首《思念母亲》使刚当兵的小战士和队员们失声痛哭，齐声呼唤母亲。

6 月 28 日上午，我和精简后的七名队员在大桥护坎上接受了沱沱河军民隆重的开漂送行仪式后，放船下水，进入青藏公路以东号称“八百里无人区”的通天河。

除了从尧茂书漂流日记中找到一些零零星星的信息，我对通天河一无所知。

说来奇怪，当年尧茂书和我们大队人马以及我们这只精悍的小分队，离开大桥不到 10 公里，都不约而同地误入了“鬼湖”雅西错，从大比例地图上看，一般是不会犯这个错误的，但我们都走了神，进入了这个被诅咒的魔幻泥潭。

我掌舵的漂流船是傍晚时分误入歧途的，那时乌云密布、狂风大作、雨雪将至，不知不觉，水愈划愈浅。最后船桨均被泥浆吃住动弹不了，另一条船已不知去向。我们推拉并举，在泥潭里艰难前进。大雨夹着雪花向我们袭来，寒风吹得人站不稳，我们不得不停止前进，赶紧找到一块软绵绵的草地扎起帐篷，用睡袋裹住全身，一个队员可能是这两天吃多了不消化，一个劲地跑厕所，另一个队

当曲和沱沱河汇流处的夏季景象，2006 年考察队在此宿营，这里是通天河的起点

员紧裹住睡袋，颤动着不断喊“妈呀，冷啊！冷啊！”我连睡袋都没有，还好没有这样哆嗦。早晨起来，只看见帐篷周围布满了野兽的脚印。冯春说他出去上厕所时，看见不少寒光，我说：“那肯定是狼群，是你的臭味阻止了它们的进攻。”再看我们昨晚扎的帐篷下，已经是一汪水荡。

早晨的雅西错湖面上升起了薄薄的水雾，好一个泱泱大湖，实际上水深只有十几厘米，而且岸边尽是泥沼。此时的我们根本寻不到出口，也见不着另一船的踪影。我拿出罗盘，对着地图，总算确定了我们的大概位置，一根细细的蓝线条连着主水流，向东方向，区区几公里水路。到了傍晚时分，宽浅的水面才逐渐聚拢，船终于划进出口水路了。我们忍受着饥饿等到第二天上午，才隐隐可见另一艘船，他们更惨，狂风将他们吹到东北岸，全部御寒物被打湿，又在湖岸沙滩上晒了大半天，好在有锅碗燃料在船上。

出了湖口与当曲汇合来到通天河口，当曲带着来自各拉丹冬雪山东坡、唐古拉山脉中段冰川融水以及泥炭沼泽地泉水汇集的巨流与沱沱河相汇，长江在这里已显现出一条滔滔大河的气势，水量陡然猛增，流速加快，我们总算找到了漂流的感觉。

宽阔的通天河网状河床上，只有我们八个“水鬼”在漂荡，通天

1986 年 7 月完成通天河漂流后，金沙江十人敢死队通过尧茂书遇难的鬼门关——通加峡

河河谷时束时放，两只船也时分时合。随着海拔的降低，两岸的草原逐渐丰美，白唇鹿和水鸟也多了起来。我觉着奇怪，这么好的草场怎么会没有牧民?

不知是第几天，我们奇迹般地与洛阳队几位大汉相遇，两队兄弟在无人区相见，自然激动不已，我们送了一些食品给洛阳兄弟，大家还合影留念，可第二天一早，洛阳队却不见了踪影。我在右岸看见一群牛羊，想必有牧民在此，赶紧靠岸一探究竟。不想，一群牧民面带愠怒的神情整齐地向我们走来，一位胸前挂着望远镜的壮汉，俨然一位首领，我迎上前去，一句接一句地说“扎西德勒”，以示敬人，“你们的，什么的干”“这里住的，不行”，任凭我们怎么解释、让烟讨好，首领态度十分坚决。我们只好划向河心滩扎营。后来我想，也许那首领是出于好意，为了防止他人或野兽骚扰我们。有了在沱沱河漂流时的教训，这次我们带上了固体燃料和方便面，用军用水壶外壳烧水，无论在哪里宿营都有吃有喝。

漂流过左岸连续分布的沙丘河段，前方出现了一例奇山怪石，靠近一看是一座灰岩山体，这是长江从姜古迪如冰川流出 500 多公里后接近的第一例山，只见长久的风化侵蚀使得山体的坡面裸露出疮痍的肌肤，山脊上耸立出一排排锋刃的岩柱，这就是长江第一峡——牙哥峡（尧茂书称之为烟瘴挂）。尧茂书漂流日记讲述，峡中有一段激流险滩，此乃长江第一滩，尧茂书在此吃尽了苦头，甚至险些丢了命。我一直看着地图提醒大家注意，刚入峡口，就听见“隆隆”的水声，突然一排大浪迎面打来，船里已进半舱水，我赶紧呼喊后面的船向左靠，果然，当我们靠向左岸岩壁，只见河面上全是波峰浪谷，紧连两个连续长险滩，此时正值长江源头冰川解冻形成洪峰，这险滩虽然不至于翻船致命，但定要饱受湿衣裹身的寒冷之苦。我下船查看了水路和滩情，决定左路冲滩，还算顺利，这是长漂中第一次过滩。出了峡谷，看见两根飘动的经幡，这是牧民为敬畏水而设的，也是为死者进行水葬的地方。这时，河谷豁然开阔，牧草更加茂盛，两岸有了低矮的土屋和牧场土围，成群牛羊，显示出一派生机，通天河接纳了楚玛尔、洽曲、和曲等支流，更加浩荡。

曲麻莱县到了，此乃名副其实的万里长江第一城。

县委书记和县长亲自驾车把我们迎进了离河边 7 公里外的曲麻莱县城，为我们的房间点燃了牛粪，端来了热腾腾的面条，令我们感到非常温暖。

曲麻莱县面积 4.6 万平方公里，当时全县人口不过万，地跨黄河、长江两源区，又有“江河发源地”之称。该县为纯牧业县，按人均国民收入，曲麻莱县当时位居全国前列，但这里地广人稀，自然环境恶劣，又深居内陆，因缺水已两度搬迁，我感到这是一个非常落后的“富裕县”。我与书记、县长谈起了经济发展问题，我说：“如果利用牙哥峡的天然地理条件，建设一座水电站，那曲麻莱就亮了，草场牧

飞机到达玉树上空看到的通天河峡谷

民就亮了；同时还可以调节水源，解县城的风沙围困之危，减缓平哥峡以上河段谷地两岸的沙化趋势。总之，可以改善通天河流域的生态面貌。”现在想起，似乎有些单纯的激情和幼稚。

我们归心似箭，盼早日与大队汇合，婉言谢绝了县领导的挽留，第二天一早启程漂进通天河下游。长江干流的逆源侵蚀好像在这里结束，以上的近 700 公里河谷还处于发育的幼年时期，河床游荡不定，而今出现在我视线中的两岸山岭渐渐靠拢，河谷逐渐收紧，地图上的等高线也变得密集起来，我意识到，我们将要激战峡谷了。

果然不出所料，出曲麻莱渡口不到两小时，黑油油的基岩（岸礁）就锁住了河面，河面上拥起一排巨浪，我赶紧靠岸前去看滩，两船对准主水径，骑着浪峰，顺利冲过，后来干脆就不看滩了，见浪就冲，这一天连续冲过十来个险滩。

巴雾大滩可是进入通天河峡谷后遇到的最险大滩，只见左岸锋利的礁石凸向江心，右岸崩塌的石块占据水道，不到 30 米宽的江面被挤成一串数米高的斜排浪，这种水路没有喇叭口，船很难骑上浪峰压住巨浪，如果船身与斜浪平行，很容易将船掀翻。看滩后，我们不敢轻视，决定将船上的物资全部卸下运到滩下，七人上一只船全力冲滩，留一人在岸边拍照接应。一切就绪，我们找准主流，迅速划入，右侧一排巨浪眼看就要盖过来，在船身已被掀上近 90 度的一刹那，同侧船舷队员一齐猛压，终于将波峰压在船下，很快左侧排浪又来了，江水劈头盖脸而过，我和左舷队员一齐压浪，一阵眩晕后，船终于又稳住了，紧接着，前面两排巨浪相交，激起一排数米高的水墙，我和队员扑向船头，将马上就要倒立的船压了下去。

这次漂亮的冲滩之战，磨炼了我们的斗志和勇气，这条传说中唐僧西天取经时遭遇了妖烟四起、妖怪出没的通天河，被我们降住了。

通天河河曲群之美，世间难再有比肩

我与通天河的初次相逢是在 1986 年，也就是那场三十年前为捍卫长江首漂权而发起的“1986 年长江漂流”。

漂流队误入雅西错“鬼湖”

那时，为了抢在外国人之前漂流长江，我和几个中科院成都地理所的年轻人发起，在四川省地理学会的组织下，通过向全国征集志愿者自愿报名选拔，再经过多轮淘汰，组织起了这个漂流活动。

1986 年 7 月，我和小分队漂进了通天河。那一次漂流，今天看来多少有些盲目。因为在漂流前，我国很少有关于长江河谷险滩情况的文献记录，而地处青藏高原的通天河对所有中国人来说，根本还处于闻所未闻的状态。

通过看地图，我发现了通天河的存在，为“通天河怎么这么多弯弯拐拐的”而好奇，到曲麻莱以后，会面临一场恶战。漂到曲麻莱以前，我们在沱沱河到通天河的前 400 多公里河段上，看到的都是慢慢长大、水网如麻、一望无际的平坦水路，仿佛能够直通天际。

通天河全长 803 公里，落差约 1500 米，流域面积约 135000 平方公里，平均比降千分之 1.5。流域的平面形状上宽下窄，最宽处约 350 公里，平均宽度约 200 公里，分水岭系数约 1.65。流域内地面一般海拔为 4500 米上下，自西北向东南倾斜。

曲麻莱河口以上地区，地面起伏平缓，河流水流缓慢，河谷宽坦，约 300 ～ 1700 米，其间也有束狭河段，如拉赤河口以下宽仅 80 余米。两岸山岭距河很远，一般在 10 ～ 20 公里以上，相对高度约 200 ～ 300 米，全流域基本上属于高原地貌。

两岸石灰岩山脊上冻裂风化作用强烈，有的山体寸草不生，大量风化碎屑石布满山腰，除偶然有几个突出的山峰外，大多数山顶已失去陡峭形态。有时圆秃的山巅遍生牧草，与山下的草地相连，牧草下面为冻裂风化作用所造成的岩屑与河流堆积的砾石，结构疏松，因此在雨量稀少、气温很低的情况下，大部或全部降水下渗或淤积洼地，形成湖泊与沼泽，人马非常难行。

密集、连续、繁复峡湾组成的形态之美

在我的眼中，通天河河曲之美是不可超越的形态之美。

弯弯的河曲，世界上到处都有，可连续环绕400多公里的峡谷型河曲峡湾却很少见。

离开曲麻莱渡口漂进峡谷，水流突然变得很急，险滩也多起来。我至今回忆起来与通天河河曲群的第一次相会，依然亢奋不已。漂流过程中，前面经常会突然出现刀片般一排一排的山，像墙壁一样将去路挡住，正当在为应该如何寻找水路而发愁或者为会不会撞上前面的山而担心的时候，往往又突然地江洄路转起来。

江流的转弯往往那么突然，前面的一排山像一道屏障一样，水路不见了，看不到出路，快要接近岩壁时，河面突然冒起水花，河流转弯了，有时候甚至是直角弯。弯拐得极度频繁，经常是第一个峡湾拐

过去了，第二个峡湾就来了，第二个峡湾慌忙地漂过去了，第三个峡湾又出现了。峡湾与峡湾之间的距离，一般也就一两公里，长的也不过四五公里，短的则仅有几百米，这让我们应接不暇。

通天河峡谷曲流回肠，我甚至还看到并行间距不到 100 米的回肠峡湾，几乎要把山体冲刷成细腰，甚至快要冲开直通了。就是这样 100 米相对坚硬的岩脊背，逼迫河流不得不改道走弯，沿着相对脆弱的岩层进行侧向侵蚀，然后回到对应的拐弯点，有时漂流要 2 个小时，直线也就几十步路。

后来慢慢地就掌握到了河流险滩的出现规律。在每一个河曲的拐弯处，一般都会有坚硬的岩石突出，此处河段必有险滩，河流在这些弯点上会变得更加湍急，水流对岩壁的冲击力也会在此变得强烈，这就使得被山体反弹回来的水浪变得高大和紊乱。同时在崖壁的迎面，可能会形成一些暗礁、岩臬或者水洞。

为了使漂流艇不被撞礁，我和伙伴们逐渐有了一套在通天河河曲内适用的“行漂绝技”：每漂到一个弯曲的河段，赶快提前调转船头，在激流中进行逆向横切，同舟共济的队员们必须全力以赴，协力划桨，否则就会被通天河湍急的河流冲击到迎面而来的岩壁上贴脸，甚至被抛起来撞上去。大家全力冲滩越战越勇，让我们这些没有遭遇过这种经历的漂流者产生了心理上的转变——不必害怕。

不过即使掌握了这套“行漂绝技”，队员们也依然不能摆脱被各

通天河峡谷河湾

种突如其来的状况搞得手忙脚乱的窘境。经常是刚把船头调过来通过第一道峡湾，还来不及喘口气，第二个刀脊一样的峡湾又接踵而至，队员们于是又要慌不迭地调转方向，结果发现下一个拐弯居然更急更险更难转洄，排排侧浪涌来，让漂流队员们不敢有丝毫懈怠。

通天河河曲的峡湾为何会频繁拐折？我分析，首先由于岩石软硬程度不同，导致水流冲刷侵蚀的差异，河流把脆弱的部分冲走了，坚硬的这一层阻挡河流前进，水流沿着脆弱的岩层做侧向冲刷；其次发育在复式褶皱和复杂地质断层河谷中软硬地层的重复出现，河流冲刷侵蚀过程中相对坚硬的岩层挺立在那里成为刀脊。露出水面的山体，受到长期剥蚀风化，延伸出来的山脊形如鱼脊。鱼脊前端，水流减缓，出现宽缓台地，连续的拐弯就这样形成了。

作为水上唯一的地质专业队员，我在漂流中承担起河谷地貌的考察和水样采集任务。由于每时每刻都要应付快速变化的滩情，很多应该上岸停留进行观察的河谷，都没能去展开，这是十分遗憾的。

不过，我还是敏锐地发现，通天河下游河谷地层产状和岩性的变化是形成频繁拐弯景观的原因。这也是我后来把重心转移到研究通天河以及青藏高原冰川水系的主要动力。

通过观察，通天河两岸由一套比较稳定的三叠系砂岩、页岩、泥砂岩、碳质泥岩以及变质岩组成。同时，我发现河岸切割出来的剖面上清晰地出现了很多对称和不对称的向斜、背斜褶皱构造，构造断层也比较发育。三叠系软硬相间的岩性和复式褶皱以及断层构造共生交错的地质背景，控制了河流冲刷侵蚀的方向和强度，形成了今天看到的长达 400 公里的连续性峡湾景观。

除此而外，在此后 30 年间的屡次考察中，我攀上海拔高达 5000 米以上的高山俯瞰，进一步发现了通天河河曲峡湾群的宏观形态之美，有的河曲蜿蜒得像圆圈一样，有的河曲看起来像一只碟型的草帽，有的则看似一张流行唱片碟片，而那张拍出“Ω”形态的河曲照片，则几乎成了通天河河曲的宣传招牌。

青藏高原和横断山脉转折区域的“歹”字形地质构造体系是峡湾形成的地质基础

从地图上看，长江上游源区河流从东西流向逐渐转向南北流向，暂时与黄河分向流淌。从宏观地形地貌上看，东西走向的唐古拉山脉在其东段开始逐渐向东南方向转折进而形成南北走向的横断山脉和多江并流，就是这一山系走向的改变，使发源于唐古拉山脉的长江、澜沧江、怒江水系纷纷发生流向由东西改变为南北，形成地球上的著名“三江并流”和岭谷相间六江并流的横断山脉奇观。这一切，都是由于我国大地构造体系中唯一覆盖西藏青海四川交界处的北东南西向“歹”字形地质构造体系，通天河沿东西方向流淌了数百公里后从曲麻莱县开始逐渐朝东南方向被山脉约束进入峡谷，开始桀骜不驯的激流奔腾。

从中国大地地质构造体系上来讲，通天河流域在处于东西构造带（纬向构造体系）向南北构造带（经向构造体系）转折的过渡地带，李四光先生将其命名为北西南东向的滇藏“歹”字形构造体系。

宏观来看，通天河下游的复式褶皱轴向以及主要断层走向都沿北西南东方向延伸，控制着山脉走向和通天河下游以及金沙江初始段的主流向，岩石软硬差异和次一级的褶皱断层构造，都是导致通天河差异性冲刷和出现频繁拐弯的主要地质要素。“歹”字形构造体系为通天河的发育创造了地质基础，为河流塑造峡湾提供了地质环境条件。

通天河马日给束流谷地，2006 年考察队漂流通过此峡

青藏高原出现过多次大规模造山运动，如今还处于缓慢上升之中，深大断裂带纵横交错，褶皱和地层被揉搓得七零八落。因此，河流的发育，就在这样的地质环境中去寻找它前进的道路，我们看到的通天河就是弯弯曲曲奔流的河。

为了找到那些个能拍摄通天河连续峡湾形态的高点，多年来，我做出了不懈努力。我和团队在不同季节里把越野车开到通天河上最隐秘的“断头路”终点——岗由村，我在通天河峡湾最集中的夏日寺山顶寻找观察位，从巴干河徒步进入漂流中危险的巴务——滑坡滩群，攀爬上海拔接近 5000 米的赛河、岗当、井根卡、聂切等高山，终于找到了五六个这种可以看清通天河峡湾全貌的位置，从而窥知了它赖以成形、举世无双的“歹”字形地质构造的蛛丝马迹。

先有谷后有河，一个另类的嵌入式河曲

通过研究，我发现通天河河曲中上游为自由河曲，进入曲麻莱以后，则属于嵌入式河曲，这时候河流发育受到了地质构造和山脉走向的控制。

按照河流专家的普遍定义，河曲分为自由河曲和嵌入式河曲两种类型。自由河曲主要形成于宽广、开阔的地区。这些地区河谷宽阔，地壳多处于沉降过程，河流切割不深，河床较浅并且不受峡谷约束，能较自由地迂回摆动。而嵌入式河曲，则是在自由河曲形成后，区域地壳发生快速隆升或者由于沉降隆升的不均匀性，导致地形和流水动力差异，甚至出现山脉谷地，向下切割侵蚀的流水就会沿着先成谷地形成嵌入式河曲。

这与早在20世纪60年代初沈玉昌得出的结论异曲同工，通天河水系是发育在一个面积广大的向斜构造内的。上游是丘陵坦谷游荡河型，下游是受山脉走向控制的峡谷河曲。

判断嵌入式和非嵌入式的唯一标准是，河曲在发育时是否受到地质构造的控制，通天河河曲显然是在发育过程中深受该地区山脉约束的。只不过，通天河河曲不同于其他嵌入式河的区别在于，它是在抬升过程中伴随造山运动和冷暖交替并出现现代冰川消融而形成的河流。即先成谷后有河，并在发育过程中不断塑造河谷地貌，这应该是青藏

高原上很多河流发育的共性。

我们从地质变迁的痕迹里看到，青藏高原先是海，后隆起成陆地，继续升高并伴随造山运动，迎来冰期和冰川，冰川消融形成河川水系侵蚀下切再造河谷地貌：峡谷、台地，冲出峡谷夹带大量泥沙形成冲积平原。也就是科学家们所描绘的青藏高原受到板块挤压抬升，形成冰源冰川的山地轮廓之后才有了河流的发育。青藏高原在隆升、造山、气候冷暖交替、出现冰期、小冰期、冰川、河流、下切、侵蚀、地貌塑造的演变过程中，才有了今日之景观。

通天河峡湾的特殊性在于其密集连续出现的峡湾和少见的形态以及成因。

首先，通天河河曲峡湾的形成，是通天河汇集长江三源（沱沱河、当曲、楚玛尔河），积蓄足够的流量冲刷力向河床海拔快速降低，沿东南方向进入横断山脉区域的金沙江进行强烈侵蚀切割。

其次，通天河流域地形向东南方向倾斜，从高原向山地过度，河床落差逐渐加大。河流开始向东南转折，流速加快，冲刷力增强。

河流弯曲是个普遍现象，平原上往往也会形成很多曲流，像四川盆地的嘉陵江、东北平原的三江流域等。但是在青藏高原上形成这样的峡谷曲流，特别是高原与山地过渡带的通天河峡谷里面有这样的连续峡湾是不多见的。

我的这一看法，随后被中国首屈一指的地貌专家唐邦兴教授认同。

通天河中下游河段封冻

据唐邦兴诠释，喜马拉雅地区最近一万年的最后一次地质运动，造成了青藏高原上山地的隆起，形成了具有该地特色的山地地貌；同时由于整体的气温变暖现象，原覆盖于青藏高原干旱少雨的西北部，尤其是通天河流域的永冻层冰川开始融化，并因为山体的隆起走势，最终聚集成了河流的状态，因此，就形成了通天河河谷“先有山后有峡湾”的特殊地貌状况。

并且，在通天河地区的这种地貌形成之后，青藏高原又进入了地质运动的稳定期，除了在通天河的中段出现过个别大的断裂带以外，

通天河冬季冰面上的经文

通天河地区整体再未发生过山地重塑的情况。

不过唐教授也说，通天河地区也不是完全没有水流下切而造成的河曲。通天河的水是冰川融化所形成的，因此原本覆盖或者裹挟在冰川上的石块、岩层可能会随着永冻冰川的快速消融而被河水冲刷挟带到通天河段，并被通天河谷的山地最终拦截沉积下来，河水沿途冲刷带来的泥沙等等，也必将淤积于通天河的河道当中，垫高通天河的河床，使之被抬高。这种被抬高的河床，遇到水量充沛的季节，所接纳的河流也会对原有的因淤积物变窄的河床，进行冲刷下切等运动。但是这种冲刷下切形成的嵌入式河曲，是绝对有别于常规的平原或者草原地区的河曲的。

通天河连续峡湾与我国其他河曲，如晋陕大峡谷河曲、嘉陵江大峡谷河曲有着本质的不同。通天河河曲发育于地质构造带控制的山地上，而晋陕大峡谷河曲、嘉陵江河曲流是发育在覆盖层上的，这可以从河谷阶地的分布状况找到证据。

我发现，在通天河峡谷里，河谷阶地错落分布，一般为河流切割坡积物所残留，呈条带状，高度为 10 米左右，很少见到基座阶地和多级阶地。这说明通天河发育成河以后，该区域上升缓慢或相对稳定，河流以侧向侵蚀为主而形成峡湾。

嘉陵江上发育的河曲，广泛发育在第四系软性覆盖层上。河流侵蚀左右摇摆。冲刷的强度也有差异性。晋陕大峡谷河曲弯只有几个明显的曲弯发育在很厚的覆盖层，绵延长度很短，通常只有几十公里，是完全不能与通天河曲流绵延 400 公里相比拟的。

一个恢宏的峡谷国家公园将呈现于世界

进入 2016 年，三江源国家公园示范率先启动，通天河作为三江源主要的地理单元被列入其中，这是具有里程碑意义的改革，人们不得不报以极大的期待和向往。

通天河除了连续分布的峡湾奇观具有不可比拟的观赏价值外，30 年来吸引来了众多的中外漂流探险爱好者。随着三江源国家公园的示范建设，通天河秘境深处的生物多样性、古朴神秘的人文宗教景观、科学研究和科普体验资源都将呈现于世人，分享于大众，我们有理由相信，一个以保护和利用并举的通天河国家公园将永远屹立在三江源大地上。

卓乃湖溃决——气候变化能否形成蝴蝶效应

在混沌理论出现后，你已经不能再用传统的眼光和简单的因果关系去理解这个世界了。就如同蝴蝶扇动它那一平方英寸翅膀的运动，导致周边空气系统发生变化，并产生微弱到只能拂动一根头发的气流，这微弱气流的产生又会引起四周空气或其他系统产生相应的变化，由此引起一串连锁反应，最终导致其他系统的极大变化。

这种由简单的自然现象影响甚至改变全局的担忧，正在可可西里腹地发生着。作为少数在可可西里卓乃湖决口后身临其境，实地考察的科学家，我似乎感觉到一场改变可可西里乃至青藏高原自然现状的蝴蝶效应正在形成。

蝴蝶的翅膀真动起来了

几年前就在媒体上看到，2011 年 9 月 20 日—30 日期间，可可西里地区的库赛湖终于承受不住巨大的水量，出现大面积湖水外溢并进入相距 10 余公里的海丁诺尔湖，之后又与相邻的盐湖相连逼近青藏线。而在这以前的一段时期，即 8 月中下旬和 9 月上旬，卓乃湖一带有持续较强的降雨过程，湖水快速上涨漫顶，后发生溃决形成洪水通过库赛河进入库赛湖再使湖水上升。在这次卓乃湖溃决的过程中，卓

溃决冲刷出来的新生河床，新的河流形成了 10 ～ 20 米高的二级台地

藏羚羊在溃决的湖岸不知所措

乃湖面积由 280 平方公里骤减为 168 平方公里。

这股源自卓乃湖的洪水最盛之时导致的湖水蔓延扩展距离西藏大动脉青藏线只有不足 8 公里。由于卓乃湖距青藏线有近百公里的距离，保护区森林警察原来经过库赛湖进入可可西里腹地的巡逻路线已经被淹没，如今已没有道路，因此几年来关于卓乃湖溃决的情况，外界了解得仍然很少。

事实上，库赛湖这样的湖面扩大已经持续了近 20 年，湖面面积在近 20 年间由 260 平方公里增加到 290 平方公里再突变到 350 平方公里。其标志性的事件是在 2011 年库赛湖面积迅速增加后形成了湖水外溢进入相邻的海丁诺尔湖和盐湖的基本条件。

2013 年 7 月，在重庆一个企业家朋友侯卫东的支持下，我终于筹措到了经费，决定带领科考探险队向决口后的卓乃湖进发。决口之后的近两年时间里，发生在可可西里腹地的这次地理事件，并未引起社会的足够关注，直到盐湖水蔓延抵近青藏线，才有了网络上为即将来临的藏羚羊迁徙和青藏线安全表示的忧虑，似乎一个无人区中的自然变化也掀不起什么太大的风浪。

这次考察依然秉承着我几十年来养成的探险式惯例，一辆经过多次考验的陆丰越野车、两辆侯卫东支援的福特大皮卡和丰田酷路泽，还有一艘漂流船，可谓豪华武装，但我清楚，由于传统巡逻路线被淹，我们只有另寻道路冒险进入。当我们从青藏线向西进入可可西里，翻越卓乃湖与楚玛尔河泥淋的分水岭沼泽湿地，柔软的冻土带和阴雨季节形成的泥沼地，让我们的车几分钟就要陷一次，三辆汽车只能相互施救一步步前进。

作为可可西里藏羚羊产羔地的卓乃湖深居可可西里北部，向溃决口进发的过程“极其惨烈”，距离湖口还有几十公里的时候，沿途已经有一条宽阔的河床，岸边泥淋松软，陷车不断，车辆已经被拖得发出绝望的声音。我们没有沿着索南达杰保护站干警协助正在拍摄藏羚羊产羔的央视摄制组的路线，而是选择更靠近洪水痕迹的河岸线路。由于多次遭遇陷车，拖车绞盘烧坏瘫痪，最终只能靠硬拖和人推。

弃车徒步考察卓乃湖和楚玛尔内外流水系和环境，沿一条溪流而上，翻越 5200 余米的巴音多格日旧山的内外流区分水岭，爬上一座三叠系地层的砂岩红石山顶，向西眺望楚玛尔河源头的东支区域，与洪水扫荡过的卓乃湖东部河床不同，山下曾经也是大湖的源区。是大面积沙化地貌中断断续续的季节性连接的小湖荡，一些成为封闭的湖泊。从广袤的红砂岩风化地中渗出的涓涓细流就是楚玛尔河东西两支的最初源流。无数小溪在这些已经没有或者快要失去水力连通的孤立湖群沙地间曲回摆动，艰难前进，逐渐汇集成河。沿途两岸已是沙粒覆盖，稀疏的植被已经被一片片沙带隔开，风沙随时会将它们埋没。高大的沙丘链绵绵成山，证明这里已经初具沙漠雏形。在分水岭顶部向东卓乃湖方向望去，因湖水变浅，水位退缩，大片湖底出露，白色盐碱带、生物礁和盐紫菜相间分布。连绵起伏的红色沙丘和狂风扬起的沙尘让我辨不清方向，但我知道，卓乃湖就在前面。

好不容易把车开到卓乃湖东溃决口下方已经露出的湖底安营扎寨，并计划第二天早晨徒步抵近湖岸和决口进行考察，7 月份的可可西里依然寒冷，半夜下起一场大雪，把营地包裹成白色世界。2006 年夏季和冬季，我们在西线调水工程水源地长江三源独立考察时曾两次到过卓乃湖，当时我得出过一个结论，三江源和青藏高原羌塘高原湖泊水位呈现上升趋势，面积增加，当来水超过湖盆容量，周边存在落差时湖水就会溢出，落差越大，溢出的水量越多，甚至发生溃决性洪水。

现在一语成谶，眼前的卓乃湖真的溃决了。

营地离决口不到 1000 米，从决口流出来的湖水仍然有汹涌之势，侵蚀着两岸松软的湖底沉积物，新的河床岸边不时有垮塌和地陷，我们不得不小心观察着前进，走了一个上午，才爬到湖口的位置，眼前这个可可西里腹地里的大湖仿佛经历了沧海之变。一条汹涌澎湃的大河从卓乃湖东岸破堤而出，之后在藏羚羊栖息的大地上破出一条深深的沟谷，使以往独立而存在的卓乃湖、库赛湖、海丁诺尔湖和盐湖连在一起，一条凹形浅谷在洪水的作用下撕裂开了可可西里腹地宽阔起伏的地貌。当我站在卓乃湖岸边的时候，眼前这个关注了多年的湖泊已经面目全非了。

决口冲刷出的湖底土质层

测得决口流量约28立方米/秒，决口宽度大约50米，湖埂宽约200～500米，长1000余米，表面是数十厘米厚的生物礁，下面是湖底淤泥和草层，与下湖面落差约5米。根据这些要素，溃决形成的大河仍然具有强烈的侵蚀条件，卓乃湖面临着继续溃决的形势。

我仔细测量着湖口洪水过后留下的鸿沟形态和剖面结构，湖口河床有近300米宽，以下10余公里最深河段有近50米的谷地，未见基岩，两岸谷坡形态呈阶梯状，上宽下窄，岸崩强烈，这说明切割侵蚀还要继续加剧。卓乃湖一瞬间倾泻了十几亿立方米的湖水，地表覆盖层和冻土层以及湖底沉积物都在剖面上清晰可见。如今的湖东岸是一条露出湖面长 1000 多米、宽 300 ～ 500 米的湖堤埂，将以往的卓乃湖拦腰斩断，卓乃湖东部曾经起伏不平的湖盆全部裸露了出来，原本浑然一体的泱泱大湖被分割成大小不一、落差显著的上下两部分。这条堤埂上覆盖着数十厘米厚的湖底水草层和生物礁壳，湖水拍击着堤埂，冲刷着裸露的生物礁层，像远在数千公里之外的东海岸线。在新河床的对面，几十只藏羚羊正在徘徊寻找着过河路线。此时正是藏羚羊产仔之后回迁的季节，这条沟已成了这些藏羚羊难以逾越的天堑；沿湖的一条巡山路已经变成了处在半山腰的白线；卓乃湖保护站，显得更加遥远和孤单，孤零零地被甩在了山坳里。这里所发生的一切，对藏羚羊来说，让之前顺理成章的事情都变得有点儿茫然失措了。

得到一系列数据之后，卓乃湖的溃决、库赛湖的扩大之谜就迎刃而解了！

库赛湖湖面海拔 4480 米，卓乃湖湖面海拔 4760 米，两者相距约 80 公里，高差 280 米，距库赛河（库赛湖主要补给河流）最近点约 20 公里，高差 140 米，并且有若干条时令河和第四纪古河床贯通。不难看出，卓乃湖与库赛湖水系源头虽然来自昆仑山脉五雪峰冰川和大雪峰冰川构成各自独立水系，但是两湖水系有较大的水位落差，也有比较紧密的水力联系，为河流侵蚀冲刷和溯源侵蚀创造了有利条件。

考察发现，2011 年汛期的洪水是一次突破临界点的溃决，卓乃湖十几亿立方米的水破口而出，流量非常惊人；两湖之间形成一条大河，河床宽度 200 ～ 300 米，下游最宽处 2000 米，河谷深度 20 ～ 50 米，导致库赛湖水位迅速上升，面积扩大以致蔓延到海丁诺尔湖和盐湖。洪水还强烈冲刷高原面上的覆盖层和冻土带，至今没有见到基岩层。

因此，水的侵蚀和冲刷作用是两湖相连的主要条件。

那么，卓乃湖的水量怎么会上升得这么快呢？

可可西里保护区管理局的同志告诉我：“近几年来，可可西里保护区腹地的卓乃湖、科考湖等持续上涨。卓乃湖自然保护站设立的水位标杆持续上升，目前已经成为季节性外溢的湖泊；科考湖北岸的巡山道路被完全淹没；太阳湖、布南湖也在近两年上涨。”

到目前为止，我在网上只查询到发表在 2012 年 5 月《地理学报》上《可可西里地区库赛湖变化及湖水外溢成因》的论文，文章主要根据 LandsatTM / ETM ＋中国环境与灾害监测预报卫星 HJIA / BCCD 影像，结合距库赛湖和卓乃湖 100 余公里的五道梁气象站降水资料进行分析。文章认为，卓乃湖湖水进入库赛湖并导致外溢是因为区域持续降水。文章说，湖区属于青南高寒草原半干旱气候，年平均降水量 100 ～ 150 毫米。但是，1980 年—1995 年、1996 年—2001 年间出现了年均降水量 268 ～ 318 毫米的递增过程，特别是 2008 年以来，降水量呈快速上升趋势，年平均降水量突破 400 毫米，最高的一年发生在 2009 年，达到 429 毫米，这期间库赛湖面积也呈现急剧扩大态势。根据北京四中资深地理老师李京燕在五道梁气象站收集到的气象数据

卓乃湖溃决口

卓乃湖是藏羚羊的大产房

上升湖水流经青藏公路

表明，2010年、2011年和2012年分别为371毫米、367毫米和425毫米。遗憾的是，没有收集到在卓乃湖溃决和库赛湖外溢前阶段性持续降雨量记录，难以判断降水对溃决和外溢的直接影响程度。

在这种情况下，我不能不把目光转向卓乃湖和库赛湖径流水源来自昆仑山脉的五雪峰冰川和大雪峰冰川群。根据在决口和新河床考察，虽然已时隔近两年，但是激流侵蚀冲刷的痕迹依然清晰可见，没有一次或者较为持续的强大水流是形成不了这么宏大的地貌改造的。因此，我推断出溯源侵蚀临界点崩溃和在气温条件下冰川快速陷入甚至冰湖溃决两种可能。我后来到卓乃河源的五雪峰冰川，没有见到冰湖溃决痕迹，但是有规模巨大的冰水冲积物堆积，也有冰川消融洪水冲积痕迹，但由于缺乏连续的冰川水文观测记录，没有时间和流量数据，这种现象也显得很无力。

溯源侵蚀临界点崩溃推断我认为更具说服力，库赛湖与卓乃湖之间有古河床连接，甚至可能有时令河相连，两湖高差 280 余米，加上近年来气温升高、冻土融化、降雨增加，溯源侵蚀一直没有停止，当侵蚀切割活动接近卓乃湖东岸时，松软的湖堤坝抵挡不住强大的水压就会破土而出，一场改变地貌水系的排山倒海就此开始了。

这是气候变化进程中的蝴蝶效应吗

在我的办公室里，堆放着我这 30 年来对青藏高原的考察资料和报告，其中有 2000 年西藏易贡特大山体崩塌滑坡阻断易贡藏布江并形成溃决洪水时我在第一时间的现场资料，有 2008 年青藏高原东部汶川地震连续 5 年洪水泥石流滑坡报告等等。短短的这些年，那些只有在已经过去了若干年的地质痕迹中或者在地质史书里人们才能看到的地质变迁活生生地一幕幕出现在我们面前。我拣选出从 20 世纪 90 年代以来进入可可西里地区的资料，按时间顺序展开摊在桌子上，以卓乃湖决口为基点，对卓乃湖环境进行系统梳理，以时间点的演进为基础，我将卓乃湖的这次溃决，以及之后两年的演进比喻成自然界的“造河运动”。随着地球小冰期的退去，气候变暖，冰川加速消融，使发源于昆仑山五雪峰冰川的卓乃湖受到更多水源的补充，加之青藏高原大气候的改变，补水增多，蒸发减少，卓乃湖补给大于蒸发，水位不断上涨，最终导致决口。这样的现象在整个可可西里地区有冰川补给的湖泊中时有发生。

根据卓乃湖现场考察的数据和长江北源楚玛尔河源区自然环境的变迁，有三个猜想逐渐浮现出来——

首先是长江源头水系可能发生改变，甚至有可能会成为世界第一长河，按照卓乃湖（河）—库赛湖（河）—海丁诺尔湖—盐湖—清水河（原为时令河）—清水湖—楚玛尔湖的水力联系特征，如果卓乃湖持续下泻，甚至可能发生第二次、第三次溃决，这一稳定的水力联系必将建立起来，由于卓乃湖目前仍高悬于侵蚀基点，很有可能由湖变河，相对低洼的库赛湖——盐湖成为大湖，长江北源将延伸到五雪峰冰川群，其流量和长度都会增加，从而改写长江地理数据。

其次可可西里自然环境发生变化，有可能会变成“湿润之地”，随着气候进一步变化，按现在趋势降雨量持续增加，冰川消融补给持续增长，可可西里气候自然环境发生改变，地貌再造频繁，内外流水系进一步调整，出现新布局，生物多样性也随之出现。

溃决后的卓乃湖仍高悬在老湖盆上

在考察的过程中，我观察到卓乃湖—库赛湖周边的水汽现象也在发生改变。一天早上，当我从帐篷钻出来的时候发现营地被一股运动中的厚厚水汽包裹住了，这种现象在干燥的可可西里地区非常罕见。在我的印象中，可可西里的天空干爽晴朗，远离海洋季风的影响，每天都是天高云淡，这种浓雾生成的自然现象必然与水系变化脱不开干系。

眼前的水雾弥漫在整个高原上，阳光升起的时候，我找了一把椅子坐在水汽之中，看着远处的可可西里山脉和近处的昆仑山，空气中的水雾在飞舞，势必会促进植被的生长，形成一片新的牧场，借着卓乃湖决口形成的新河流，人们将会迁居于此，“如果这种现象成为常态，这片地区一定会成为‘水草丰美的鱼米之乡’”。

最后一个比较悲观，可能是气候变化进程中的拐点期开始到来，如今的现象都是暂时的，如果冰川消融补给出现赤字，昆仑山冰川的体量是有限的，我们不能沾沾自喜，甚至妄称由于实施了保护取得了成就。我们应该知道，在昆仑山的北部，古时繁荣昌盛的丝绸之路已经被沙漠埋没，可可西里腹地的楚玛尔河源区以及长江干流通天河两岸已经发现连续沙丘带并呈扩展态势。更为紧迫的是藏羚羊在卓乃湖的迁徙可能发生了根本性的转变，也就是说，藏羚羊这个可爱的小物种，将不得不再次踏上寻找产房和栖息地的道路。

不得不说一下，这样的演变趋势对青藏线重要设施的影响。初步调查分析，如果卓乃湖再次溃决或者由于两大湖泊集水区其他冰川与气象因素导致水量剧增，库赛湖水位将进一步上涨外溢，最终与海丁诺尔和盐湖连成大湖，并继续向青藏线逼近。

如果剧增水流量瞬时发生，之后成为常态，库—海—盐湖盆具有相当的容量，其危害不是太大。但是由于青藏公路最低点海拔为 4460 米左右，与库—海—盐湖盆海拔相差无几，加上流过青藏线的清水河河床狭窄，几乎无行洪通道。因此建议沿清水河在青藏线两侧开挖加深加宽河道，进行引流行洪，并加强青藏公路、青藏铁路和地下管网的加固维护。

冰川的前进和后退是气候变化周期性表现，只是人类很少甚至还没有经历过，或者人类在这期间没有留下记录，或者几百年前人类还没有进入气候变化敏感区，我们想象不到冰川前进或后退给已遍布地球各个角落的当今人类所带来的影响和危害。但是，通过青藏高原大量的地质、冰川信息的复原，我们仍然可以描绘出这种变化所产生的景象。

青藏高原气候变化的机制和影响是错综复杂的，人类要应对的是气候变暖导致的冰川融化退缩，雪线升高，极端气候频发，各种自然灾害加剧，青藏高原气候调节功能减弱，荒漠化、沙漠化扩展，同时活跃的地质活动相伴而来的地震、地质灾害共生，气候变暖时期将生成一系列灾害链。

以上猜想式的假设，在逻辑上又是那样连贯。由一个点，牵动诸多因素，都在潜移默化地改变着可可西里乃至青藏高原的点点滴滴。

西欧民间流传着这样一则歌谣：钉子缺，蹄铁卸；蹄铁卸，战马蹶；战马蹶，骑士绝；骑士绝，战事折；战事折，国家灭。从一匹马到一个帝国的灭亡，“没有什么事情是不可能发生的”，这似乎是给我们最大的启示。

黄河源头

唐蕃古道

公元 641 年（唐太宗贞观十五年），大唐文成公主远嫁吐蕃首领松赞干布所走的这条路途，后世称之为唐蕃古道。

浩浩荡荡的送亲队伍，出关中平原向西，入甘肃进青海，翻日月山过倒淌河折向西南，穿行高阔青藏高原上的黄河、长江、澜沧江诸源头，翻昆仑巴颜喀拉山口、唐古拉山雪岭，至那曲纵横藏北雪原，自大唐国都长安（今陕西西安）直至吐蕃逻些（今西藏拉萨），纵横数千公里，一路翻山越岭，跨越多个气候带，漫长而艰辛。

汉藏两地的文化交流，从石器时代业已开始。越来越多的考古发现证明，从今天酷寒无比的青藏公路沱沱河大桥边，到藏东昌都卡若等地均有相关遗迹。但直到汉代，中原与西藏往来，主行何道众说纷纭，至今仍殊难考证，这也从一个侧面说明地理环境对两地之阻隔。正是在文成公主进藏开辟“汉藏热线”之后，“唐蕃古道”日渐成熟，驿站林立，商旅不绝，其意义绝不仅仅在于开辟了中国交通史的一个新篇章，加强了内地和青藏高原的交流。这条道路，从中原一直延伸到印度、尼泊尔等南亚诸国。中国古代四大发明之一的造纸术经该道传入南亚，印度的熬糖术也从这条道路来到中原。

千百年后的今天，我们从青海方向进藏的主要通道，比如 214 国道、青藏公路、青藏铁路等，仍大致沿袭着这条“唐蕃古道”。

唐蕃古道上的玉树勒巴沟水嘛呢

河　源

大唐文成公主进藏成亲，是在吐蕃迎亲专使禄东赞的陪伴下，由礼部尚书江夏郡王李道宗主婚，持节送公主于吐蕃的。史书载，松赞干布专程赶往柏海（今青海玛多）迎接，谒见李道宗，行子婿之礼。《旧唐书》卷一九六说："弄赞亲率其部兵次柏海，亲迎于河源。"

传说中，江夏郡王李道宗就是文成公主的亲生父亲。当唐太宗为松赞干布的诚意感动而决定和亲时，苦于没有适龄女儿出嫁，几经遴选，看中伶俐活泼、聪颖过人的宗室李道宗之女李雪雁，册封为"文成公主"下嫁吐蕃。

江夏郡王李道宗这次送女儿来黄河源，是故地重游。之前六年，贞观九年（635），他与侯君集等大将为了追击吐谷浑，来过这一带，史载他们深入青藏高原"行空荒二千里，盛夏降霜，乏水草，士糜冰，马秣雪。阅月次星宿川，达柏海上。望积石山，览观河源"。

星宿川，唐《十道图》中已经指出就是今天的"星宿海"；柏海，即黄河源上的扎陵湖或鄂陵湖。

扎陵、鄂陵二湖，是黄河上游最大的淡水湖。扎陵湖东西长 35 公里，南北宽 21.6 公里，面积 526 平方公里，蓄水量达 46 亿立方米。鄂陵湖形如金钟，东西窄、南北长，与扎陵湖由一天然堤坝阻隔而又相通，形似蝴蝶，南北长 32.3 公里，东西宽 31.6 公里，面积 610.7 平方公里，蓄水量 107.6 亿立方米。

这两个紧紧相连的姊妹湖，其实也是黄河的一部分。河水遇阻成湖，在我国一些大江大河的高地源头并不罕见。长江源头的玛章错钦、雅西错，雅鲁藏布江源头的马泉湖，也都是河湖一体。青藏高原海拔四五千米的宽缓台面上，河水流到地势低洼处汇集，漫延到一定程度，也就自然成了湖。扎陵、鄂陵两湖以西，众多小湖泊宛若星辰密布草原，统称星宿海。据说，全中国湖泊最多的县份，不在江南也不是湖南、湖北，而就是这个青藏高原上的玛多县。

今天的我们，要到达扎陵湖、鄂陵湖，已经很方便，越野车可以轻轻松松开到湖边。从青海省会西宁到这里，几百公里的路程，开车顺利的话只要几个小时，两个紧紧相连的大湖，其实就在西宁到玉树的 214 国道边上，紧挨着玛多县城。

当我来到扎陵、鄂陵湖边实地探访时，心中不免有一丝疑惑：松赞干布当年为什么要选这里作为文成公主的迎送之地？没错，两个大湖风光都堪称绝美，但气候实在太恶劣了，即使夏天，也酷寒难耐。气象资料显示：扎陵、鄂陵湖区多年平均气温为 −4℃，是青海省高寒地区之一。冬季漫长而寒冷，10 月至翌年 4 月的月平均气温都在 0℃以下，最冷的 1 月份平均气温为 −16.5℃；1978 年 1 月 2 日曾测得 −48.1℃的最低气温。夏季短而凉爽，最热的七八月份，月平均气温只有 8℃左右。

三江源藏族同胞用堆放嘛呢石的方式敬畏江河，敬畏自然

眼前的两个大湖烟波浩淼，风情奇特，湖边野生动物众多，具备成为风景名胜的诸多优越条件，但在旅游业日益发达的今天，总是难见远客，玛多县至今也还谈不上什么旅游业。其中的一个重要原因，可能就与这严寒气候有关。当然，寒冷并不能阻碍青藏高原旅游业的发展，某种意义上寒冷也是资源。同样高寒的大湖纳木错就声名赫赫。这，不在本文讨论范围。我们不妨猜想一下松赞干布为何在此迎娶文成公主的种种可能。

比如，公元 641 年，这一带要比现在温暖得多。文成公主是当年正月丁丑日从长安出发的，按照当时的交通条件，走到这里，正是草原上鲜花盛开的最美季节。

我国的气温，据竺可桢先生研究：殷、周、汉、唐时代，高于现代。

竺可桢先生 1973 年 6 月 19 日在《人民日报》上发表的文章《中国近五千年来气候变迁的初步研究》中说："隋唐时代（公元 581 年—907 年）中，在第 7 世纪中期，气候变得和暖了。公元 650 年、669 年和 678 年的冬季，国都长安无冰无雪。8 世纪初和 9 世纪初中期，西安的皇宫里和南郊的曲池都种有梅花，而且还种有柑橘。公元 751 年皇宫中柑橘结实，公元 841 年—847 年也有过结实的记录。柑橘只能抵抗 −8℃的低温，而现在的西安几乎每年的绝对最低温度都在 −8℃以下。"

唐开元末年，江陵进贡柑橘，唐玄宗李隆基种于蓬莱宫。天宝十年九月结实，宣赐宰臣 150 多颗。竺可桢先生的研究结果：在我国近 5000 年中的最初 2000 年（从原始氏族时代的仰韶文化到奴隶社会的安阳殷墟），大部分时间的年平均温度高于现在 2 ℃左右。一月温度大约比现在高 3 ℃～ 5 ℃；在那以后，有一系列的上下摆动，其最低温度在公元前 1000 年、公元 400 年、1200 年，摆动的范围为 1 ℃～ 2 ℃……

我们看待问题，不能受机械论左右，竺可桢先生说："有些人认为在人类历史时期，世界气候并无变动。这种唯心主义的论断，已被我国历史记录否定。"

玉　树

松赞干布在黄河源区接到文成公主后，从扎陵、鄂陵湖以西某地乘牛皮筏渡过黄河，继续南行不远，就是海拔近 5000 米的巴颜喀拉山。越过之后，越走地势越低，氧气越来越足。到达玉树时，海拔一下子降到 3000 多米，俨然另外一个天地了。不管唐代的玉树气候究竟能比现在温暖多少，今天玉树州玉树、称多、囊谦等县，青稞成片的农耕风光仍不鲜见。

今天，我们从西宁到玉树往西藏方向所走的 214 国道，据考证大致沿袭了文成公主当年所走的唐蕃古道。1000 多年后，我们沿着这条路旅行，心旷神怡的感觉会时常充盈心头。出玛多县不远就是黄河源头第一公路桥，因为是源头之水，河水清澈透明，看起来不大，但确是货真价实跨越了黄河干流。复前行百公里左右，海拔 4824 米的巴颜喀拉山口以南，就已经进入长江流域了。

万里长江自上而下第一条年径流量超过黄河的重要支流雅砻江的源头，就在山口巴颜喀拉以南只几十公里处的雪山深处。公路沿宽缓雅砻江源河谷草原顺流而下，两边鲜花盛开，牛羊成群，再继续往南，过称多县清水河镇继续往前，到歇武镇，就能看见树木了。

相对于低海拔居民而言，凡有过较长时间高原生活经历者，树木对人体的意义，都有深刻体会。看见树，就意味着舒服。歇武是川、青、藏地区的交通要道。

在歇武继续前进，开车不到半个小时，通天河便拦住了去路。一新一旧两座大桥横跨其上，过了河，也就跨过了长江。长江南源当曲、正源沱沱河、北源楚玛尔河均发源于玉树州境内，汇合后称通天河，出境之后改称金沙江。

这个地方叫直门达，桥边有首漂长江的尧茂书烈士纪念碑，还有江泽民题写的“三江源”纪念碑。继续沿峡谷前行，转一个弯，眼前豁然开朗，宽缓河谷间屋舍俨然，山坡寺庙金光闪闪，海拔 3600 多米，一切都令人心旷神怡，这里就是玉树州府所在地结古镇。

突如其来的玉树大地震牵动人心，震中在州府不远处。这个唐蕃

地震前的玉树

古道上的重镇和政治、经济、文化中心，损失惨重，令人揪心。从整个中国版图看，玉树藏族自治州位于青海省西南部，东接四川，西连新疆。全州虽只辖玉树、称多、囊谦、杂多、治多和曲麻莱六县，人口不到 30 万，面积加上格尔木代管的长江源头各拉丹冬地区（唐古拉山乡 6.4 万平方公里），达 26.7 万平方公里。一个州面积，竟然比内地很多省份还要大。

玉树，正是传说中文成公主和松赞干布度蜜月的地方。在当地的传说里，玉树是藏文译音，其含义为“遗址”，音义结合，恰好是“在故址上盛开的美玉之树”，也有传说称格萨尔王妃珠牡诞生于此，故取名“玉树”。

历史上，玉树占为西羌牦牛种地；隋朝前后为苏毗和多弥辖区；唐时为吐蕃的孙波如领地；宋代成为黎州属下的囊谦小邦属地；元朝归吐蕃等路宣慰司管辖；明朝囊谦王室的贵族僧侣屡被赐号为功德自在宣抚国师；明末清初，玉树各部头人为青海蒙古和硕特部赠爵为诸台吉；清时受青海办事大臣直接管辖，为囊谦千户领地，下有百户独立长等部落；民国时期，设置玉树、囊谦、称多三县，归玉树行政督察专员公署管辖。

当地人还说，玉树土司，清朝时为囊谦千户所属的四十族之一，是一个百户部落，但因其牧地处于清朝官员往返青海与西藏之间的唐蕃古道要津，故为清朝官员所熟知。久而久之，官场中竟然只知玉树，

地震后重建的玉树新城

而忽视了囊谦为四十族的总称。这一官方偏见，慢慢铸成历史事实，今天玉树藏族自治州的称谓，即渊源于此。

1949 年 10 月，青海省人民解放军军政委员会驻玉树特派员办公处成立。1951 年 12 月 25 日成立玉树藏族自治区，1955 年改为自治州。是青海省第一个、全国第二个成立的少数民族自治机构，也是全国 30 个少数民族自治州中主体民族比例最高、海拔最高、人均占有面积最大的一个自治州。

从直门达沿 214 国道前往玉树，距城镇还有几公里的地方，世界上最大的嘛呢石堆就在路旁一个叫新寨的村庄。据说经石达 20 亿块之多，这些经石大小不一、形状各异，大的如同桌面，小的仅如鸡蛋。内容一般均与藏传佛教有关，有佛经，其中以“六字真言”居多，以及佛像、神像等，内容非常丰富。

因为考察三江源，我曾从不同方向到达过玉树。在这片地形复杂的高原，印象最深的正是路。记得多年前，从结古镇到治多县城的沙石路要跑两天，不时会遇险抛锚。记忆里，虽然一路上藏族同胞开朗乐观，从容面对，让我等充满抱怨的人自惭，但行路之难却是刻骨铭心。近些年，这里的交通日新月异。看着新闻里损失惨重的结古镇，心痛不已中稍觉欣慰的是新建的机场已经在发挥作用，功莫大焉。

在这片寒冷的高原，交通的重要性异乎寻常。茫茫昆仑、巍巍唐古拉间，长江、黄河、澜沧江等著名河流都源自这里，是名副其实的中华水塔、亚洲水塔，生态地位命系国脉，发展仍应是第一要务。拟议中的南水北调西线取水口，就在玉树县直门达以上的侧坊一带。大自然面前，究竟怎么处理发展与环境的关系，真的要慎之又慎。

农　牧

玉树本地居民以游牧为主，2008年全州总人口为28.3万，其中藏族占97%，汉族、回族、土族、蒙古族、撒拉族、苗族、布依族、壮族、满族、朝鲜族等占全州总人口的3%，为全国少数民族人口比例最高的自治州。

玉树藏族同胞纯朴好客，随便走进一个牧民的帐篷，都能喝到香喷喷的酥油茶。每年七八月份，玉树草原牧草茂盛，处处可见绿草青青、花团锦簇、牛羊成群的兴旺景象。7月的玉树有传统的赛马节。当地赛马的传统由来已久，不仅有经贸交流，更有热情的民间歌舞。

玉树平均海拔4000米以上，地形大致可以分为东南部峡谷山地农牧区、中部山原滩地牧副区、西部丘状谷地待开发区。这里虽然高寒缺氧，却拥有世界罕见的高原三角洲，谷地纵横，水草丰美，可谓物华天宝、人杰地灵、风光绮丽，是青藏之间一块有着鲜明特色的壮美高地。

环线上地质景观

与一般想象不同，玉树地区的农业，据记载已有1000年以上的历史。玉树地区唐时为吐蕃的孙波如领地，《新唐书》中有孙波男子“唯务战于耕而已”“地寒宜麦”的记载。

这些田地，主要分布在通天河、澜沧江流域的河谷地带。1914年，甘肃学者周希武来到玉树，经过一年的实地勘查和调查，写了一本《玉树调查记》，里面说：“除供本地各族食粮外，玉树二十五族中的其余各族（周希武调查，玉树藏族共分25族，男女3万余口人），其食粮均仰给于此。其交易以牛、羊、皮毛、酥油。”

今天，这里的人口增长了近十倍，粮食主要依靠外运，1990年从西宁调运粮食3050万公斤，不计省里补贴，仅州财政负担的运杂费就达1034万元。有资料显示，1990年实有耕地面积27.3万亩，其中玉树市7.46万亩，称多县5.62万亩，囊谦县13.50万亩，杂多县0.72万亩。全州粮食总产量17102万公斤，粮食平均亩产110.26斤。

玉树地区农牧业发展历史，一方面与当地自然环境变化和物质技术条件的演进与社会的发展密切相关，另一方面与青海地区民族兴衰的历史紧密地联系在一起。

难以考证，玉树农业是否与文成公主进藏有关。当地有研究者认为，从玉树地区至今沿用“二牛顶杠”牵犁而耕来看，似乎未受西宁地区“二牛抬杠”的影响，田间管理、收割、打碾等农活操作也不尽相同。

佛　法

从结古镇溯巴塘河继续南行约20公里，有一条奇峰突起、危崖高耸、溪水潺潺的苍翠山谷勒巴沟，闻名遐迩的文成公主庙就坐落在这里，周围多处石崖上，刻有多种佛像、佛塔、经文等。

现在，人们在大日如来庙左面石崖上，能够看到的十六行汉字，传说就是文成公主亲手书写的《般若波罗蜜多经》。

传说中，文成公主一行在此休整了一个月，拿出自长安带来的谷物种子和菜籽向玉树人传授种植的方法和磨面、酿酒等技术。文成公主命随行工匠于贝沟悬崖上雕刻了佛像九尊：端坐中间的大日如来佛，左右分上下两层四尊菩萨。浮雕左边崖壁上，至今还能看到纹刻的吞米桑布扎书写的藏文“尕恰”十八行。右边崖壁上，刻有藏文佛经十二行和文成公主书写的汉文楷书《般若波罗蜜多经》十六行。

藏文史书中，确实也有文成公主刻石弘扬佛法的记载。在前往拉萨的路上，藏文史书记载：“文成公主途中在康区丹玛地方的一处青石岩壁上，勒石刻写了《广论卷首》《普贤行愿品》等经文，在恰都朗纳造立了一尊八十肘高的释迦牟尼佛像。”

传说中，这位原江夏郡王的女儿进藏，队伍非常庞大，唐太宗的陪嫁十分丰厚，有“释迦佛像，珍宝，金玉书橱，360卷经典，各种金玉饰物”，又有多种烹饪食物，各种花纹图案的锦缎垫被，卜筮经典300种，识别善恶的明鉴，营造与工技著作60种，治病药方100种，医学论著4种，诊断法5种，医疗器械6种，还携带各种谷物和芜菁种子等。

除了庞大的随行官员、卫队、侍女，数量众多的金银珠宝等，还有被大唐皇帝太宗李世民当作嫁妆的大量工匠、艺人以及典籍、医书、粮食种子等等，极大地促进了西藏的社会发展。

文成公主前往吐蕃究竟都带有什么嫁妆？汉文史书其实语焉不详，后人的信息来源主要是藏文史书中大量而细致的描写。其中被反复提到的是佛经，《柱间史》(《松赞干布遗训》)以唐太宗的口吻对即将出嫁的文成公主说：“显乘密宗经律论，能断烦恼八万四，能积无量功德海，取舍十善十不善，成就六度四摄事，赐予爱女作嫁妆。”《王统世系明鉴》更进一步指出，唐太宗送给文成公主的礼物包括“金玉镶嵌的经史书籍，还有佛经三百六十卷”。

永徽元年(650)，松赞干布去世后，文成公主一直居住在西藏。她热爱藏族同胞，深受百姓爱戴。她曾设计和协助建造大昭寺和小昭寺，亲自翻译佛经。在她的影响下，汉族的碾磨、纺织、陶器、造纸、酿酒等工艺陆续传到吐蕃；她带来的诗文、农书、佛经、史书、医典、历法等典籍，促进了吐蕃经济、文化的发展，加强了汉藏人民的友好关系。她带来的金质释迦佛像，至今仍被藏族人民所崇拜。

景龙元年(705)，吐蕃赞普之祖母遣其大臣悉熏热来献方物，

文成公主庙山门经幡

为其孙请婚，中宗以其所养雍王守礼女为金城公主许嫁。景龙三年（709），吐蕃遣其大臣尚赞吐等来迎亲。景龙四年（710）正月，唐中宗至始平县以送公主，设帐殿于百顷泊侧，大宴群臣和使者，并命从臣赋诗饯别，“曲赦始平县大辟罪已下，百姓给复一年，改始平县为金城县，又改其地为凤池乡怆别里”。金城公主在吐蕃生活了30多年，于开元二十八年（740）春去世。

信仰佛法的文成、金城两位公主出嫁吐蕃赞普，随后而去的长安僧人，将内地佛教传入吐蕃，为西藏佛教的早期发展建立了不朽的功业。文成公主和尼泊尔赤尊公主是佛教传入吐蕃的先导者，在吐蕃的佛教发展史上具有极为突出的地位，以此之故，文成公主在后弘期的藏文史书中被奉为绿度母的化身，而金城公主则使吐蕃佛教进一步制度化，她将释迦牟尼佛像供奉在大昭寺，并建立拜谒制度，为后世所遵循，同样赢得了吐蕃百姓的高度赞誉。

三江源

离开玉树以后，文成公主一行，并未沿今天的214国道方向继续往南走囊谦进入西藏昌都，而是折了向东南。

道理很简单，继续往南，是重重大山，而先向西过澜沧江源头地区长江南源当曲之后，再翻越唐古拉山，这时的山口简直一座小土丘了。

从青海省玉树藏族自治州杂多县城往西，现在仍有一条乡村公路，没准就是当年的古道路径，我们漂流长江南源当曲的时候，曾经走过一趟。离开杂多县城百余公里后，一直向西，几乎没什么感觉，我们就过了澜沧江与长江的分水岭。与想象中的一山分两水完全不同：一块几乎没有什么起伏的绿色地毯般的大草原，星星点点交织混杂的水流勉勉强强可以看出左右，似乎就那么不经意间，命运完全不同，一边进入澜沧江流向缅甸越南泰国柬埔寨改名湄公河；另一边是伟大长江的南源当曲，先西后东，横穿中华大地。

时近黄昏，远近都金光闪闪。视线尽头，唐古拉山脉呈一个个尖尖的小三角，看起来并不高大，这里的海拔已经 4700 多米。长江南源当曲是我所见过的最美丽的草原。

杂多县以西，过青藏铁路、公路，格尔木市代管的 6 万多平方公里的唐古拉山乡境内，各拉丹冬雪山以海拔以海拔 6621 米的高度傲然挺立，发育了长江正源沱沱河。唐古拉山乡以北的广阔地域，就是著名的可可西里，属治多县所辖，索南达杰烈士就是在该县西部工委书记的任上殉职的。可可西里是长江北源楚玛尔河的发源地，长江三源在玉树州汇合称作通天河，流出玉树州巴塘河口后改称金沙江。黄河发源于玉树州曲麻莱县玛多乡，野生动物众多，黑颈鹤蔚为壮观。

这个拥有三江源头的壮美之地，是中国的生态命脉。目前国家建立的三江源自然保护区，总面积31.6万平方公里，平均海拔4000多米，是我国面积最大、世界高海拔地区生物多样性最集中的自然保护区，也是我国海拔最高的天然湿地和三江生态系统最敏感的地区。三江源地区素有“中华水塔”之美誉，据科学家初步计算，长江总水量的25%、黄河总水量的49%和澜沧江总水量的15%都来自这一地区。

我曾从当曲草原腹地的莫云乡翻越唐古拉山到西藏自治区索县。唐古拉山以南就是怒江流域了。从索县沿黑昌公路到藏北重镇那曲，已经不远了。

这一路，与214国道险峻崎岖的大山相比，虽海拔高，但确实舒缓很多。不知道当年文成公主走的是不是这里？我们走的时候，差不多可以称为探险了。除了零星的当地牧民，这里基本看不到外人。外界甚至称这一带为“无人区”了。

今天，内地进入西藏的主要通道是青藏公路、青藏铁路、川藏公路。与之相比，这条“唐蕃古道”显得有点冷清。沧海桑田，令人慨叹。不过，对于旅者，仅就直观感受，与从青海入藏的主通道“青藏公路”相比，“唐蕃古道”显然要美丽很多、丰富很多。

据有人考证，总体来说，唐蕃古道的大致走向为：从陕西西安出发，过咸阳，沿丝绸之路东段西行，越陇山，经甘肃天水、陇西、临洮至临夏，在炳灵寺或大河家渡黄河，进入青海民和官亭，经古鄯、乐都、西宁、湟源，登日月山，涉倒淌河，到恰卜恰（公主佛堂），然后经切吉草原、大河坝、温泉，花石峡、黄河沿，绕扎陵湖、鄂陵湖，翻巴颜喀拉山，过玉树清水河，西渡通天河，到结古巴塘，溯子曲河上至杂多，沿入藏大道，过当曲，越唐古拉山口，至西藏聂荣、那曲，最后到达拉萨。

奇　迹

金城公主远嫁吐蕃时，兵部尚书同中书门下三品李峤赋诗云：

汉帝抚戎臣，丝言命锦轮。
还将弄机女，远嫁织皮人。
曲怨关山月，妆消道路尘。
所嗟秾李树，空对小榆春。

无法用我们凡人的思维来观照封建皇室的婚姻，这是政治。和亲并非唐太宗首创，也并非中原所独有。政治联姻，对于历朝历代统治

曲麻莱老城中的藏族小姑娘

者来说，都是不可或缺的政治手段，近如当代欧洲亦然，虽然已经符号化。

隋唐时期，吐蕃在统一青藏高原和向外扩张的过程中，也通过政治联姻建立利益同盟，以今拉萨为中心形成吐蕃和亲圈，发挥了十分重要的作用。据汉、藏文有关史料记载，吐蕃分别与苏毗、象雄、吐谷浑、苏禄、小勃律、泥婆罗、党项、南诏及康国等政权建立过和亲关系。其中，松赞干布的祖父达日年塞将妹妹嫁与苏毗王室；松赞干布本人就与唐朝、泥婆罗、象雄、党项等政权和亲；墀德祖丹赞普先后与南诏、唐朝及康国和亲。

吐蕃曾两嫁公主给“唐蕃古道”所经过的吐谷浑地区的王族。松赞干布时期，吐蕃墀邦公主出嫁吐谷浑王，她所生的儿子是莫贺吐浑可汗（诺曷钵）。

这位墀邦公主，在文成公主出嫁吐蕃路过吐谷浑时，和诺曷钵等人热情欢迎文成公主并为她送行。敦煌藏文历史文献记载：740 年，吐蕃公主杰娃墀玛类嫁到了位于克什米尔地区的小勃律。不久，747 年，与夫君一起被唐将高仙芝所俘，并在唐朝京师长安度过了她的余生。

据不完全统计，中国历史上，和亲至少有 360 次。在文成公主进藏前后，隋与吐谷浑和亲 1 次；唐与吐谷浑和亲至少 7 次；唐与吐蕃和亲 2 次；辽与吐蕃和亲 1 次；西夏与吐蕃和亲五次；阿萨兰回鹘、龟兹与吐蕃各和亲 1 次……客观上，和亲在中华民族多元一体的格局中有其特殊的促进作用。虽然，唐蕃之间，并没有因为和亲而中止干戈，但和睦成为主流。据有人统计，自贞观八年（634）至会昌六年（846）的212年间，双方互派使者就达190余次，其中唐朝使蕃60余次，吐蕃使唐120余次。

唐穆宗长庆二年（822），大理寺卿刘元鼎作为会盟使者远赴吐蕃缔结盟约归来，还特地寻找了一番黄河源头，撰有《使吐蕃所经见记略》，成为唐代地理学史上的重要一笔。

文成公主进藏，是中原地区与青藏高原交流史上一件划时代的大事。由此延伸，中国古代四大发明之一的造纸术，经唐蕃古道传入南亚，印度的熬糖术也经过这条道路来到了中原。

在此之前，玄奘法师取经印度，绕道新疆。文成公主入藏后，僧人前往天竺取经，就有了新的捷径，在义净法师所著《大唐西域求法高僧传》中，就记载有不同时期至少十位以上僧人经吐蕃到达印度；到了《宋高僧传》中，也还有印度人善无畏，路出吐蕃，与商旅同行，于716年至长安的记载。更为传奇的是，大唐使者王玄策，其所作所为，就今天的国际政治生态来看，宛若神话。

公元647年，唐太宗派王玄策取道吐蕃，出使印度天竺。这是王玄策第二次出使该国。上一次，这位原融州黄水（今广西罗城县西北）县令是副使，此时他已擢升为右率府长史并任正使。

王玄策出使，一方面在于和洽唐朝和天竺两国关系，另一方面也

牧民们不远万里把嘛呢石送到新寨堆放

是去看望远嫁的文成公主。那个年代信息和情报系统不像现在这么发达，王大使离开吐蕃一进天竺，正赶上人家国内大乱，天竺大臣阿罗那顺篡权，自立为王，发兵拒绝王玄策入境。

王玄策大使与副使蒋师仁等全体使团官员加上卫队，总计30来人，虽力战，终被擒，沿途诸国进献给唐朝贡物也被洗劫一空。

不可思议的是，王大使趁着夜色逃脱，历经艰辛来到吐蕃边境，发文书征调兵马，吐蕃派遣精锐1200人，尼婆罗派遣7000人。王玄策大使与蒋师仁副使马上率领借来的两国兵马返回，大战数日，斩首3000人，溺死12000人，大获全胜。次年，阿罗那顺被押送至长安。后来，唐太宗驾崩葬昭陵，史书上有“刻石像阿罗那顺之形，列于玄阙之下”的记载。

唐高宗显庆三年（658），为护送佛袈裟到摩柯菩提寺，王玄策第三次赴印度，路过西藏吉隆县马拉山口时，一行人立碑篆铭以作纪念。这块记功碑，至今尚存。

唐太宗李世民之后，太子李治嗣位为唐高宗。新任天子授松赞干布为驸马都尉，封西海郡王，并沿袭唐太宗的政策，派特使送去大量金银、绢帛、诗书、谷种等，又特别给文成公主送去了饰物和化妆品，以示嘉勉。

尽管史书有明确记载，学者专家们的研究也都认为文成公主进藏走的就是我们上述的唐蕃古道，但并不妨碍民间另有传说称公主进藏时曾路过四川境内，是由现在的川藏公路进入吐蕃的。甚至在藏族中，有很多关于文成公主和唐蕃古道的传说和神话，时时会如同山中云海迷雾一般弥漫开来。

诸如此类的很多东西，在今天看来颇不可思议，背后有多少被忽略的人间奇迹，尚不得而知。

人类失去联想，世界将会怎样?

澜沧江昂赛丹霞的国家公园时代

红色的丹霞地貌虽然在地理学上是个新生的词汇，但对于中国人来说并不陌生。1928 年冯景兰、陈国达等人在对广东仁化丹霞山及华南红层地貌做了大量研究之后，以最具代表性的丹霞山命名了红层地貌的这一特殊类型。

这一命名是岩石地貌学研究的一个预见，它虽然限指红色砂砾岩上发育的地貌类型，却同时突出了在岩石地貌学研究中的地位，这也是为数不多的以汉语拼音为前缀词注明的地理词汇（Danxia landform）。

这种地貌也绝非中国仅有，美国西部、中欧和澳大利亚等地都有分布，只是中国分布最广。自 20 世纪 20 年代以来，中国已经发现 780 多处丹霞，从热带、亚热带湿润区、温带湿润—半湿润区、半干旱—干旱区，一直延伸到青藏高原高寒区，包括此时我脚下站立的这片红色山岩之地——三江源之澜沧江上游扎曲昂赛。

一切安好的红霞之地

昂赛这块红霞之地何时出现了人类活动，已经无从考证。但自我走上科学考察青藏高原之路后，多次与这里擦肩而过。认定这里为丹霞地貌也绝非这一两年内的事情，只是近几年来，逐渐成熟的信息渠道，让发达地区的人们获得了这里的信息，这个静卧了亿万年的地方开始被更多的人关注。

2014 年 8 月，杂多县政府组织了一次澜沧江探源活动，我作为横断山研究会成员，汇同来自美国的夏勒博士、国家测绘局的张江齐总工、中科院遥感所的刘少创博士以及环保组织的一众志愿者，对澜沧江源进行了一次庞大的科考活动。考察期间，杂多县县长才旦周从手机里翻出几张昂赛的照片给我看，希望能顺道去昂赛走走。从澜沧江源头下来之后，我就马不停蹄地赶往昂赛。

这几年我在可可西里楚玛尔河源区、沱沱河大拐弯葫芦湖一带、各拉丹冬以西赤布张一米提江占湖群周边、藏北查色岗日、四川新龙县银多乡等地，都看到发育完好的丹霞地貌景观和组合景群。在我的感官中，沿着澜沧江上游扎曲河谷从海拔 4200 ~ 3800 米，进入昂赛

昂赛丹霞景观全图

丹霞地貌群腹地，海拔逐渐降低，与上述海拔 4500 米以上丹霞区的荒芜寂寥不同，这里植被丰富，森林草原茂盛，古柏林与草原相间错落分布，红色岩石的各种拟人化造型千姿百态，变化奇特。红色山体与绿色植被相衬，色彩艳丽。在高海拔地区，这样的植被覆盖并不多见。相同的森林景观我只在唐古拉山东段的昌都至类乌齐见过，资料上称这里的林木为“唐代古柏林”，是植物学上的活化石。能在海拔 3800 米左右澜沧江源区的扎曲河谷见到茂盛的古柏森林，过去是没有记录的。

昂赛丹霞与上述地区大都发育在不容易进入的地理“空白”带，虽然这里更靠近人类聚居区，但除了偶尔能看到散落山谷间稀疏的牧点和聊胜于无的牧民身影，基本处于“深闺”状态。避免了人为因素的干扰，昂赛丹霞作为地质及生物多样性展厅的功能被放大了。

壮年期的昂赛丹霞区域包含了青藏高原向横断山山地过渡区丰富的地质和生物信息，保留了青藏高原发育最完整的白垩纪丹霞地质景观和晚近地质时期不均匀抬升过程中的沉积缺失、造山隆起、岩浆侵入以及不整合接触剖面和褶皱断层构造痕迹，记录了澜沧江上游河谷的发育特征。

在这里，青藏高原地质地貌过渡区的古生物和现代生物多样性被完美展现出来。举一个例子，今年 1 月底，我们从西藏自治区丁青县翻越唐古拉山，一进入青海省杂多县，在外地出差的才旦周县长打来电话告诉我，20 多天前昂赛乡两个牧民在路上救的一只受伤病危的幼年雪豹，经过精心养护已经恢复，准备放归自然。我们立即赶往昂赛乡将这只雪豹观察了两天，乡里干部像保护国宝一样专门做了一个圈养棚，请来兽医，治伤体检，每天美食管够，大约两岁的雪豹已经有一米多长的身躯，生龙活虎，叫声震耳，兽性恢复，人们已不敢接近，可以放归自然了。好不容易将雪豹引进铁笼子拉到旷野，门一打开，雪豹就像射出的箭一样迅速消失。牧民说他们经常在昂赛地区见到雪豹，吃羊追牛是常事，这两年在杂多县，雪豹进城、棕熊入村的事件层出不穷。

三江源在实施保护以后，生物多样性种群开始逐步恢复，野生动物与人相遇已经成为常态，这也表明在全球气候变化背景下生态系统的重新构建。在昂赛丹霞区，我几次去都在不同地点见到了成群岩羊、白唇鹿、白马鸡、猫头鹰、秃鹫、喜鹊等，还看见雪豹、棕熊等濒危物种的踪迹，说明这里生境盎然，是野生物种的天堂。

昂赛丹霞具有独特的自然人文资源的美学要素：高耸的喀斯特山峰丛、赤壁丹霞造像造型和森林草原簇拥的峡谷，加之丹霞绝壁上绝美的瀑布（痕迹）、宽谷阶地、泉水溪流、野生动物群落、深山寺庙、古塔岩画和淳朴的藏族牧民。可以说 1000 多平方公里的昂赛丹霞地带，浓缩了中国青藏高原地质生态景观的精华。

昂赛丹霞地貌区可分为果道沟峡谷景观带，从昂赛一直可以沿扎曲河谷延伸到囊谦县觉拉的景观带；以丹霞地貌造型为主的乌阿可—玛考—雪豹沟、东卡—日郎壳两个规模宏大又相对集中的景群。

果道沟峡谷景观带：峡谷长约 4.5 公里，主要景观是沿峡谷分布的喀斯特峰丛、溪流、神泉、唐柏古树林、藏獒山造型以及沟口藏族村落和格萨尔王将军遗址。这些景点内景观丰度很高，伴随着浓郁古朴的藏族风情，可以说是步移景换。

扎曲峡谷景观带：峡谷长约 60 公里，河谷宽窄相间，阶地发育，草原如毯，古柏茂密，丹霞红山沿两岸分布，有高耸而立的“乃帮神山坐佛”石柱，护卫坐佛的“军舰山”和兵阵石柱、直立的丹崖绝壁，还有弯弯曲曲的扎曲河谷、四季如画的草原牧场、悠闲成群的野生动物等，既有观赏价值，又有科学价值。

乌阿可—玛考—雪豹沟景群：位于扎曲左岸巴草涌流域丹霞发育区，面积大约 100 平方公里。主要景点为拟人拟物形态各异的丹霞景群，如手握山、平衡石、蘑菇石、刀箭崖、岩羊谷、雪豹沟等。景观景点丰富，让人流连忘返，想象无限。

东卡—日郎壳景群：位于扎曲左岸扎穷涌丹霞发育区，面积大约 200 平方公里，主要景点是四面吉祥佛山（佛头）、擎天柱、生命之根、卧伏雄鸡、佛崖洞穴、巨型神龟、龟纹崖、金雕崖、巴岩寺、吉日沟古塔、猿人山、长发吉祥女、金鸡独立。其间古柏万顷，草地如毯，生机盎然，河流小溪、藏族村落散落其中。此景区内景点丰富、造型多样，当人身临其境时，不得不被大自然的鬼斧神工和人与自然和谐相处的景象所折服。

极好的天然实验室

昂赛丹霞的鬼斧神工勾起我诗一般的想象，地质研究的惯性思维让我不得不去追寻昂赛丹霞成因的地质年代及造山运动中的演变过程。

地球上的板块自 3.5 亿年前的石炭纪以后，便长期处于不均匀漂移过程中，到 2.5 亿年前的中生代以后，青藏高原开始隆起，古特提斯海退缩，这时已经沉积了巨厚的碳酸盐岩（石灰岩类），海洋性沉积环境逐渐消失，留下局部沉积盆地，成为这以后的陆相沉积古陆，导致了中生代地层岩系的大面积缺失和以红色砂岩、砂砾岩为主的三叠系、白垩系地层的不连续分布。

6500 多万年前新生代开始至今发生的波澜壮阔的新构造运动，印度板块进一步猛撞并插入亚欧板块之下，喜马拉雅造山运动兴起，强烈地抬升挤压产生断裂，形成巨大的褶皱断块山系和隆起的高原，并伴随岩浆侵入，抗风化强的碳酸盐岩形成各种侵蚀形态的高山，抗风化弱的砂页岩形成山麓。由于造山运动的不均匀性，本来水平状的岩层被重新建造，有的自立，有的倾斜，有的被断层整体推复，有的保留水平状态而形成断陷盆地。

随着高原的不断抬高，青藏高原气候逐渐向寒冷、干燥的方向发展，迎来了冷暖交替冰期，银岭逶迤，冰峰突兀，流水侵蚀，为第四

昂赛丹霞巨型石龟

囊谦县吉（昂）曲吉尼赛峡谷河湾

纪地质历史增添了斑斓色彩。冰期和间冰期的出现，生物物种分化衍进，构成现代自然生态系统。这就是丹霞地貌形成的最基本的地质环境条件。地质运动使部分红色地层发生倾斜和舒缓褶曲，被断裂抬升并保持相对水平的红色地层在地形条件适应的地方形成外流侵蚀区；流水沿岩层垂直节理进行侵蚀，形成两壁直立的深沟巷谷，巷谷崖麓的崩积物形成坡度较缓的崩积锥；崖面的崩塌后退使山顶面范围逐渐缩小，形成堡状残峰、石墙或石柱等地貌。

在红色砂砾岩层中有不少碎屑颗粒状的碳酸岩砾石和碳酸钙胶结物。碳酸钙被水溶解后常形成一些溶沟、石芽和洞穴。昂赛丹霞地貌科学的表述是：由一套水平的紫红、砖红色厚层——巨厚层状白垩系砾岩、砂砾岩、含砾砂岩、不等粒长石石英砂岩、夹杂砂质长石石英粉砂岩、钙粉砂泥岩组成的岩层随着地质构造隆升的混合岩体，在水、风、冷冻等外力作用不断侵蚀下，随着地壳的每次抬升，开始新的风化侵蚀，或改造已形成的地貌或形成新的地貌，造成水平地带性上丹霞地貌的垂直分异。这样，在内力“主导”和外力“雕塑”的共同作用下，发育了断裂崩塌型、流水侵蚀型等绚丽多姿的丹霞地貌。

这就是昂赛丹霞形成的地质环境基础。

昂赛丹霞的地层主体为白垩系错居日组砂砾岩互层，厚度较大，韵律清晰，具有成景的物质基础；地层平缓，地应力作用强烈，节理、裂隙发育，为侵蚀提供了通道，为成景提供了动力空间；昂赛丹霞地貌区能够看到千姿百态的单面山、块状山、柱状山，拥有山奇、水秀、谷幽、岩深之景观。距今 6700 万年的新生代以来，地壳抬升，河流下切剧烈，是昂赛丹霞地貌成景的主要内动力；加之流水冲刷，气候变化，物理、化学和生物等外动力地质作用下，雕塑成现今昂赛的地质地貌景观。总之，在昂赛丹霞区看到的地质画卷，为研究青藏高原的形成演化提供了一个理想的天然场所。

国家公园，昂赛该有的名分

2016 年初，当我和团队正在西藏、青海深处寒冬腊月的旷野里寻找未发现的地理景观的路途上，建设“三江源国家公园”示范区的消息像春风一样吹进了我的耳朵。事实上，在 2010 年 8 月，我国广东丹霞山、浙江江郎山、福建泰宁、湖南崀山、江西龙虎山、贵州赤水联合组成的丹霞地貌组合以“中国丹霞”被列入世界自然遗产。这一系列新增自然遗产拥有包括地质红层中发育的天然柱、塔、溪谷、峡谷和瀑布以及其他自然生境在内的一系列侵蚀地貌和生态系统。以跨区域捆绑组成的世界自然遗产在世界上绝无仅有，说明中国地质科学家创建的“丹霞地貌”被联合国教科文组织认同。

月出丹霞

吉尼赛峡谷“石长城”

澜沧江上游西源囊谦县吉（昂）曲吉尼赛峡谷峡湾

如今，“国家公园”理念作为实现“中国梦”的具体行动写入政府“十三五”计划蓝图，“中国三江源国家公园示范方案”通过中央高规格出台。已经完成国家地质公园申报的昂赛丹霞处于三江源国家级自然保护区内，终于有了进入国家公园示范的机遇。

去年，我在“世界水源地峰会”的演讲中提出建立三江源国家公园群的建议设想，这其中包括了昂赛丹霞地貌群建设国家地质公园的具体规划建议。

在保护、利用、共享等领域都需要改革转型的关键时机，“国家公园”具有深刻的内涵和潜在的光明，直白地说，昂赛丹霞不乏国家公园的资源与价值，建立国家公园是大势所趋，势在必行，但真正付诸行动，又面临着许多挑战。

不要怕狼来了

让“自然贴近人民”是曾任美国总统林登·约翰逊的国家公园梦想。公民是国家公园的享受者，也是保护者！国家公园展示的是国家的物华天宝和公民的精神与理想。

我领会的《中国三江源国家公园示范方案》中“资源国家所有、全民共享、世代传承”的国家公园目标，应该具备四项功能：提供开放性保护的自然环境和文化；保存物种及遗传基因；提供国民游憩机会及繁荣地方经济；促进学术研究及环境教育。实现四个目标：保护对象从单一走向多样性；保护方法从消极走向积极；保护力量从政府参与走向社会参与；保护空间从点状保护走向系统保护。

如果我们充分理解了国家公园理念、功能和目标，我们就应该有信心和智慧实现梦想!

昂赛丹霞地质景观怎么样实现“保护、利用、共享、共赢”的国家公园理想，成为培养“让每一个人成为真正的主人翁，在情感和理智上与国家公园休戚相关”典范。这个地质奇景的“名分”是否实至名归，正考验着每一个当代国人的智慧。

为了给昂赛丹霞寻找到一个实至名归的国家公园“名分”，在功能界线明确、保护措施科学、开发利用适度、管理严格的前提下，变保守为开放，变被动为主动，变消极为积极。就昂赛丹霞而言，首先是让广泛的社会力量参与保护行动，选择最恰当的观光体验方式，用生态节能材料做各种建材物料。

在气象万千的美国黄石国家公园8900多平方公里范围内有五大景区上千个景点，公园内建设了600多公里的环线公路和1500多公里的游览道路、徒步路线以及若干个博物馆，每年接待上千万游客；连接欧洲七国的阿尔卑斯山有上山旅游索道上百条，观光火车开到了山顶，旅游小镇遍布山间。由于较好地体现了保护与利用、经营与共享、公益与教育的关系，这些国家公园都实现了全域旅游和开放保护。

在思考昂赛国家公园时，我联想起数十年来我走遍的三江源大地和刚刚结束的西藏—青海地理景观发现之行，我们又发现了鲜为人知的地理地质奇观，三江源真是神奇而博大精深，30 多万平方公里的三江源未来将成为举世瞩目的有丰富主题的国家公园群。

三江源国家公园景象应该是一个与众不同的，汇集人类智慧的、集成科技精华的、引导人类追求进步的传世经典杰作。

特别要提醒游览方式（提供产品），考虑到昂赛丹霞地处 4200 ~ 3800 米高海拔地区，地质生态环境比较脆弱，为了尽量避免建设对环境的干扰，减轻游客身体负担，规划建议采用索道、索桥和游

丹霞地貌雪景

道相结合的游览方式，并设立多元化游览项目。

最关键的是要建立国家公园的管理和盈利模式。管理体制属于顶层设计，涉及立法和现行“九龙治水”局面的深入改革和财政机制；建立新型盈利模式首先考虑的是门票可否取消，新的盈利点怎样获取，友好旅游业态怎样建立，多方怎样实现共赢（经营商、政府、游客、环境），等等。这方面，不管是发达国家还是发展中国家都有很好的经验可取。就昂赛而言，收费索道达到最佳位置、最佳品质的服务和土特产品、文化产品、相关的户外产品、民族表演和互动参与、最完善设施的营地就是盈利点。

最重要的是培养扶持当地百姓参与。在政府干部中培养管理人员，在当地百姓中培养服务和保护人员，扶持当地旅游经营者和家庭经营户。

总之，财政投入、税收优惠、盈利提成、社会捐款、志愿者参与等制度机制的建立，对体现国家公园的全民性和公益性非常有益。

后　记

记不清是什么时候，“源”文化的概念进入了我的生活。我与“源”文化似乎是一体的，但生活在“源”文化的浓厚风味之中，却很少关注和思考过“源”文化的价值和意义。

搜寻记忆之源，曾经有一部电视纪录片，是原玉树州政协副主席、玉树州文联首任主席、著名作家昂嘎先生拍摄的《各拉丹冬的儿女》。这是一部令人震撼的佳作，首次将人与“源”相连接，让人们的目光开始转向了自然的存在状态。尽管他已经仙逝，不能看到这套“源文化”丛书。但是，他的思想和精神却在这里延续。他是“源”文化的启蒙者。2008年我的《寻根长江源》，他给予了较高评价，并鼓励我“走出长江源，走向三江源，走向青藏高原”。从那时起，我潜意识里早已认定自己是各拉丹冬的儿女，便在不经意间盼望着能够亲近这座耸立于长江源的雪山。在此后的岁月里，我似乎一直在走向各拉丹冬。直到各拉丹冬的冰川还未完全融化的2002年，我终于站在海拔5000多米的冈加却巴冰川前。当我看着万里长江的第一滴水珠滴落在大地的刹那间，我仿佛洞察到了人类心灵深处那根深蒂固的“源”文化情结。汉文化对于探源有着2000多年的漫长历史。而游牧人因着

“逐水草而居”的千年游牧文化，探“源”几乎是与千年的游牧生活相伴的，对于“源”充满了母亲般的感恩。所谓“逐水草”，“逐”的可是人畜生存的基本条件。在青藏文化的千年历史中，虽然未曾发现有关大规模探源的历史记载，但是从游牧人生存的角度而言，一个游牧人或者说一个游牧部落，一定有寻找水源的经历。当我们沿着通天河、黄河和澜沧江寻根溯源时，那注入江河的每一条溪流，都滋养着沿岸的无数生灵。我们可以推想，每条小溪的源头，很有可能都住着一户游牧人家。他们驻扎于此，在不了解游牧生活的人看来，只是人生旅途中一次偶然的停泊。其实，对于游牧人来讲，那是一次探源之旅的选择。在青藏高原的万山之中流动的无数涓涓细流，皆从“源”而来。如果我们人类不以某个概念限定自然的法度，而依照大自然本身固有的状态来讲，整个青藏高原布满了“源”，无数个“源”形成了三江源。在八百里通天河的两岸，除了少数牧户和村庄在饮用通天河水外，沿岸的寺院、村落大都有一条充满传奇故事的饮用水源。

千年的寻根溯源，所寻找的并不仅仅是自然的水源。探寻到某条河流的源头，其实也不过是自然地理的存在形式。那从大地上汩汩冒出的泉水，我们人类的目光未曾与它相遇前，“存在”在那里早已等着我们。为何有人在黄河源头，从沼泽地里冒出的一支溪流前泪眼模糊，诗情喷涌？为何有人在各拉丹冬的雪山脚下，五体投地，叩首大地？为何在澜沧江源的吉祥泉，才想起敬天地、赞日月？所谓“饮水思源”，是人类共同的情感。“思源”一定是不由自主的，就像孩子思念母亲。这“源”字能启开人类情感的阀门，唤回久已迷失于人类文明的童心。它没有民族，不分宗教，也无性别，甚至不限于人类，能够超越人类自制的樊笼。“源”能“启生人之耳目，穷法度之本源”。

在通天河南源莫曲河的源头，有一条泉水，名曰“切果阿妈”。“切果”有源头之意。“阿妈”似乎不用翻译，全人类各民族的语言中都有类似的词语。如此普通的一条泉水，却点开了“源”的密码——母亲。传说宗喀巴大师，少年离开家、离开母亲，西去拉萨求学，终生钻研佛学，探究人生哲学，开创了显密圆融的新学派。到晚年，已是声名远播的大智者、大成就者，被尊称为“佛陀第二”。传说某天，他在甘丹寺东边山腰传法，忽闻布谷鸟鸣叫。这声音勾起他对远在宗喀山下的母亲的怀念，大师不由自主地叫了声“阿妈”。传说弥底大师是印度的大班智达。他远离自己的家乡，抛却地位和名誉，跋山涉水来到雪域高原，甘愿过给人打工放羊的生活，据说是为了超度投生雪域受难的母亲。我想他也曾经在心底无数次地呼唤过“阿妈”。那可是他生命的源头啊！

江河溯源，那源头便是一切生命的“切果阿妈”。历史探寻到原始，神话是历史之源；哲学的发端，与神话相连；充满传奇的神话是信仰诞生的源头；生命追寻到起点，母亲是最后的归宿。一切民族的文明源头，都有一条被称为“母亲”的江河。这“母亲”乃是万物之源，生命之源，文明之源。

我们在源头看到的不仅是江河的摇篮，其实在那里能够寻找到人类的情感之源，哲学的思想雏形，神话的原始风貌，史诗的现场演绎，文明的一缕曙光。总之，那里充满了“源”文化的氤氲和诱惑。

我一直想用文学的方式向世人展现“源”文化的魅力。缘此，2017 年，在玉树州政府的有力支持下，组织发起了“中国人文生态作家团‘源’文化考察活动”，使一批智慧而充满情感的著名作家，踏上了“源”文化的生发现场，他(她)们从不同层面，以不同视角观照那充满母爱和魅力的“源”文化，并以各自的方式表达了不同的思想。

古岳是一位行走大地的智者。他是用纪实性的笔法探求真理的大作家，同时又是守望三江源，投身“源”文化的生态守护者。二十多年的岁月里，他持续《忧患江河源》，他深深眷恋着这片土地，他甚至有《写给三江源的情书》。他的《冻土笔记》是超验地观察到并忧患源文化之“源”的一部力作。杨勇，是一位解读三江源地理密码的行走者。自 20 世纪 80 年代勇漂通天河之后，他与“源”文化结下了不解之缘。三十余年，三江源的山水间留下了他的脚印。《发现三江源》，必定是他探险人生的精彩篇章。于坚，“作为中国第三代诗人的代表人物”，近年“他在散文方面又大放异彩”。他的《在源头》，以现场感极强的语言传递一种“源”文化的魅力。王剑冰是一位满怀诗情的散文大家，他以一位朝圣者的心态踏上了“源”文化寻根之路，以无限崇敬之情用他的笔墨捧起了《江源在上》。唐涓，一位深情关注青藏文化的散文家。她观察独到、文笔细腻，她的散文具有“诗化语言”的魅力。她虽身在城市，但她的情感在《江源栖居》。随着对“源”文化的不断深入了解，我发现自己永远只是一个求道者。所谓“道法自然”，我问道的重点在“源”。“源”文化是取法于自然的“道”，因而我越发觉得自己只有谦卑地《问道三江源》的资格。

“源文化”丛书，即将面世。这套丛书的完成倾注了许多人的心血和汗水。丛书的每一位作家，全身心投入“源文化”的考察，付出了辛勤和智慧。在感谢几位作家的同时，不能忘记一起走过三江源的著名摄影家高屯子，《三江源生态人文杂志》主编杨上青女士，诗人爱若兄、耿国彪和赵永红女士等几位知心朋友。在此向各位朋友表达诚挚的谢意！丛书所以能够与读者见面，归功于玉树州政府及才让太州长的有力支持。才让太州长似乎对“源”文化早已有着深刻的思考和研究，稍稍点开，便能兴趣盎然地与你畅谈三江之源。在此，我用恭敬的双手向才让太州长献一条感恩的哈达！

在此要特别感恩的是著名作家马丽华。2017 年，她不仅亲临“第三届嘎嘉洛文化学术研讨会——‘源’文化论坛”现场，而且应诺为“源文化”丛书作序。她的《走过西藏》曾经给了我无限的希望和自信。从那时起，我开始关注青藏高原，关注青藏文化，审视自己脚下的这一片热土。从某种角度而言，《走过西藏》是“源文化”最接地气的佳作。其次要感谢著名画家嘎玛·多吉次仁（吾要）。他怀着对三江源故土的一片情怀，欣然答应承接“源文化”丛书的装帧设计工作。他是美术界的“哲学家”。他在三十多年的艺术探索中，创造了独特的艺术语言与符号元素，作品内涵丰富、寓意深邃。从他的绘画中能够看到佛陀的般若、老子的智慧。感谢原玉树州文联主席彭措达哇的热情支持和积极参与，感谢杂多县委书记才旦周的关怀和支持，感谢索南尼玛、布多杰、欧沙、才仁索南和阿琼等朋友无微不至的后勤工作和呵护。

最后还要郑重地感谢青海人民出版社总编辑王绍玉先生，他在丛书的出版上给予了大力的支持。感谢我的妻子及家人的支持，因为家是我心灵停泊的码头和扬帆远航的动力。

文　扎

2020 年 9 月底初稿

2020 年 10 月底修订